D1730323

GIORGIO AVANTI

JAKOBS MUSCHELN

FÜR ISABEL

Jakobs muscheln

GIORGIO AVANTI

arspro**toto**

»COELORUM PERRUPIT CLAUSTRA«

Grabinschrift Wilhelm Herschel, 1738–1822

Bruder Emmanuel schaut uns, von der Ehrentreppe herab, strahlend an, Charisma an den Ohren. Ist wieselflink, drückt uns die Hände, packt meine Koffer und eilt voran. Weisse Socken lugen aus braunen Sandalen, der graue Umhang wird durch einen soldatenähnlichen Gurt geteilt, darauf ein runder Kopf, in dem eine Adlernase, eine allerdings nicht ganz typische, steckt, wohl eine aus Poschiavo, wo Emmanuel geboren sei. Alles in allem, mit dem kurz geschorenen Haar, ein freundlich wirkender Dante Alighieri, den es, weissgottwie, von den Purgatorien in die Stille von Hauterive gespült haben mag. Wir befinden uns in einem klassischen Barockbau, daran angebaut die Kirche, romanisch-gotisch gemischt, mit immerhin 850 Jahren auf dem Gebetsbuckel, nach wie vor beeindruckend, von unvergänglicher Schönheit, heutiger Architektur bei weitem überlegen, vor allem was die Materialien betrifft. Sandstein und Tuff, wenig Holz. Prächtige Fenster, die mit dem Sonnenstand mutieren, von tausendfarbig bis hin zu diffusem Bleigrau, Bleiblau. Unsere Architekten sind halt doch, zumeist, kleine Hosenscheisser, vernetzt in Zonenpläne und Profitknäuel. Schmiergeldnehmer.

18.00 Abendessen. Mit Silentium, über uns psalmodiert ein Mönch, unsichtbar, über den Lautsprecher. Milchkaffee mit Brot, Mammutemmentaler mit Mammutlöchern. Das Schweigen ist reichlich anstrengend. Auch Grüezisagen ist verpönt, geschweige denn laut um die Kaffeekanne zu bitten. Jakob wird flugs zum Konversbruder, ich auch.

Dergestalt eilen wir um 19.10 in die Komplet, die Vollendung, das Nachtgebet. Psalmen im Dunkeln, mit Ausnahme des ewigen Lichtleins und zwei kleinen Lämpchen, links und rechts des Hauptgewölbes, das jetzt aussieht wie ein Mutterschoss, umgeben von einer heilig fluoreszierenden Aura, sofern man die Augen auch nur ein bisschen zusammenkneift. Links von mir hockt auch ein Konverser, die Arme in Meditationsstellung, ein Buddhist?

20.00 Schliessung der Pforte. Totenstille, vereinzelt durchbrochen von schabenden Geräuschen. Es ist der unruhige, pensionierte Bruder Pförtner, der mit seinem Patriarchenbart durch halboffene Türen äugt, die Neugier uns betreffend stillt. Dann ist wirklich tote Hose. Das Kloster, ein unberührter Fels, weitab und oberhalb jeglicher Alltagsbrandung. Wenn die Nachtlokale öffnen und der Redaktor des »Figaro« in der »La Coupole« in Paris den Apéro schlürft, seiner Sekretärin unauffällig unter den Rock greift, die Väter die Sportschau begaffen und die Mütter ihre Not mit den Kleinen haben, ist hier längst die Katakombe auf, man schliesst die Augen, schnuppert selig Modergeruch. Draussen stürmts. Der Wind tobt im Klostergarten, irgendwo zwei schreiende Katzen, Hundegebell, alsbald verstummt, wieder aufkommend, im Wind erstickt. Hie und da ein scharfes Zischen, plötzlich mehrere »Päng, Päng«, es sind die Türen der Zimmernachbarn, die ab dem Wind erschrecken.

Fast ein SBB-Zug, kurz vor der Abfahrt. Irgendwie habe ich jetzt überhaupt so ein Zugsgefühl, komme mir vor wie ein Lokführer, wenn ich den Wecker auf 04.55 richte, für den ersten Personentransport zum Brünig oder nach Hochdorf. Die Leintücher sind wirklich noch aus Leinen, das Wasser am Brünnchen sprudelt lustig, kalt und klar. Die Dusche ist weit weg, irgendwo in einem Stiegenhaus, und auch das Telefon kann hier niemanden belästigen. Es fehlt, auch im Gästetrakt.

03.30. Ich schrecke auf, Glocken über dem Kopf. Draussen regnets in Bächen. Die Mönche eilen zu den Vigilien, dem nächtlichen Beten. Ich stehe auf, schnuppere nasse Nachtluft, brünzle ins Lavabo – möglichst diskret – und verschwinde wieder im Königreich, das ich selbst für ein Klosterpferd jetzt nicht hergeben würde.

Nur zu bald knurrt mein Wecker, 04.55, in Leuchtschrift. Nebenan kracht der Wecker von Jakob. Ich zähle auf drei und halte den Kopf unters kalte Wasser.

05.30 Laudes. Mich friert, und ich rechne zusammen, was mir momentan lange Unterhosen wert wären. Das Montagsoffizium beginnt. Paternoster. Ave Maria. Deus in adjutorium meum intende, Gott merk auf meine Hilfe. Es folgen der Psalm 66 »Das grosse Gegenlied«, der Psalm 50 »Erbarme, Herr!«, der Psalm 5 »Morgengebet in drangvoller Zeit«, was zu meinem jetzigen Zustand der Kälte und der nicht ganz abwegigen Frage »Wastuicheigentlichhiermorgensumdiesezeit?« so schlecht gar nicht passt. Psalm 149 kommt aus vollen Kehlen: »Der Sieg über die Heiden«, gefolgt vom »Das grosse Alleluja« und dem Bittgebet zu allen Heiligen. Handschuhe wären kein Seich. Um 06.00 zelebriert der Abt, umgeben von seinen Mönchen und Konversen, das KONVENTAMT. Wie Wellen rauscht das Chorgestühl, vom Auf und Ab, vom Sichbiegenundbrechen. Die Bänke, auf denen wir, die Gäste, hocken, stehen, knien, sind von altkatholischer Machart, mit eingebautem Martyrium. Sie sind so konstruiert, dass vorab das Sitzen unglaublich schmerzt, ein richtiges Glaubensjoch drückt einem in den Rücken, direkt aufs Schulterblatt. Da wäre das Stehen vergnüglich, wenn ich nicht bereits über eine Stunde in dieser Bankwelt wäre.

Trotzdem: alles ist reichlich festlich. Momentan sind wir, in der Kirche, zu viert.

Ein übergewichtiger Pfarrer in Zivil, der dem Hallohotelsacherportier (Jean Marais, für Jakob) nicht unähnlich ist. Ein weiterer Pfarrer, ebenfalls in Zivil, so in den Fünfzigern, grauhaarig und freundlich, vielleicht von einer anstrengenden Stadtgemeinde, Luzern, Solothurn oder Chur, hier die verdiente Ruhe suchend.

Pater St. Wick deckt, weil hüftleidend leicht humpelnd, den Hochaltar. Die Mönche schwärmen aus, schwärmen zurück, grüssen sich einigermassen kompliziert, seitlich verneigend, ein sakrales Müntschi andeutend, auf die Hand. Ausschliesslich lateinische Messe, weisse Gewänder, weisse Köpfe, jetzt, auf dem Altar, erscheinen (plötzlich) drei Kelche. Zu viert eilen wir auf die Kommunionsbank. Der Mönch mit der Hostie mustert mich eindringlich, mit allerschärfstem Blick, durch goldgeränderte Brillengläser, dass ich zunächst erschrecke, dann aber zurückgebe. Jakob passiert Nämliches. Also habe ich nichts falsch gemacht, hoffentlich. Nach der Hostie der Kelch, ein grosser Schluck Weisswein. Tut gut, um 06.35.

Stummes Frühstück. Brot, Butter, Konfitüre, Milchkaffee mit Nidelteilen, nachdem der Dame aus dem Puschlav das Sieb entrutscht und flugs in die Milchkanne entwischt ist. Sie verdreht, hinter dicken Gläsern, gegen den Himmel das linke Auge und tut so, als ob nichts wäre, einfach nichts: Maria Magdalena. Andererseits: wieso eigentlich das Sieb halten, wenn man dieses direkt in die Milch tun kann, ganz im Sinne klösterlicher Rationierung. Derweil psalmiert der Lautsprecher aufreibend eintönig vor sich hin. Jakob und ich verständigen uns in einer Art Taubstummensprache, mit Fingerfächern, Auf-die-Augen-Zeigen, Serviettenschwenken oder Zeigfinger-Daumen-Löchern.

07.50. Es läutet zur PRIM, »Iam lucis orto sidere«, schon stieg der Sonne Licht empor. Draussen schüttets. Ich mache ein Nachnickerchen, richte das Bett, später auf nach Fribourg. Wir haben einen Einkaufszettel vorbereitet. Taschenlampe, Hantli, lange Unterhosen, Walkman, Kuverts, Jakob sucht irgendeine schwedisch klingende Jacke, die bei unseren Landwirten so beliebt sei. In der Placette: Lebensmittelabteilung. Hei, diese Würste, diese Braten, kross und knusprig, Thonbrötchen, Lachs, Riesenschinken, Speckseiten. Die Düfte sind gravierend. Aber mein Entschluss zu fasten ist fest (»fest, fest, fest« psalmiere ich vor mich hin).

Jakob kommt in den Sinn, dass ein Regenhut ziemlich zu pass käme. Wir landen in der Damenabteilung, umringt von Büstenhaltern, und geben auf. In einer altbekannten Studentenbeiz gibts Bier, für Jakob Kaffee. Auf dem Nebentisch leuchten herrliche Salami- und Schinkensandwiches. Achgott.

Die TERZ, 09.15, haben wir verpasst, mithin auch den Psalm 119, der da beginnt: »Ad Dominum cum tribulare clamavi et exaudivit me«, zu deutsch und angesichts der Schinkenbrote »Ich schrei zum Herrn in meiner Not, und Er erhört mich.« Die Taschenlampe haben wir vergessen, dafür flattert unter dem Scheibenwischer eine schreiend gelbe Parkbussenverwarnung.

11.50 folgt die SEXT (nicht »SEX vor dem Mittag«, sagt Jakob, der eifrig im Psalmbuch blättert).

Erlösung bringt das Mittagsmahl, stumm wie die Fische verzehren wir eine Bernerplatte, trinken jungen Most und machen uns hie und da ein Zeichen. Die Furzerei am Nachmittag ist unbeschreiblich. Klammheimlich öffne ich einen Brane Cantenac 1978, allerdings erst später, in der kühlen Klosterkammer. Es schüttet immer noch. Ich stöbere in der »Weltwoche« und entschlafe, unvermittelt, leicht gebeutelt. Die NON, um 13.20, verstreicht folglich ohne mich. Zur VESPER, 17.30, bin ich dagegen wieder voll da. Den Psalm 134 möchte ich am liebsten mitschmettern: »Laudate nomen Domini, laudate, servi, Dominum«, »Lobsinget dem Herrn, ihr Seine Diener, und preiset Seinen Namen.« 18.00 Nachtessen, gebackene Züpfe (Butter oder Schweineschmalz), bestreut mit Zimt, dazu Apfelmus und selbstgebrauten Tee. Neben mir sitzt ein junges hübsches Fräulein mit maringrünen Socken in dunkelblauen Schuhen (ohne Absätze). Die Dame aus dem Puschlav, die mit dem Milchsiebsyndrom, sitzt leicht versetzt, macht ein riesiges Kreuzzeichen und schabt in aller Läute den Zimt vom Zopf. Man spricht nicht. Für unsere Verdauung ist gesorgt.

19.10 KOMPLET. Wieder im Dunkeln. Wir sind bereits zuhause. Dennoch flattern meine Gedanken immer noch weitab
von jeder Konzentration, vorne rauschen die Mönche im Chorgestühl herum, irgendwo quietscht eine Türe, ich danke Gott für die
langen Unterhosen.

20.15. Im Bett. Noch ein Glas Brane Cantenac, das Kla-
vierkonzert Nr. 2 von Rachmaninov am linken und am rechten
Ohr, den rosaroten Walkman auf dem Bauch, döse ich friedlich
ein. Alles beginnt von neuem. Die Glocken zu den VIGILIEN,
um 03.30. Dazwischen mein Wecker, um 04.55. Das Vakuumie-
ren der Bordoflasche um 05.23, weil am Vorabend vergessen.
Dann Laudes, Konventamt, Frühstück, Stuhlgang, Zigarette,
Prim, Terz, Sext, Mittagessen, Bordo, Schläfchen.

Um 14.30 erwartet uns Pater Wick, der Bibliothekar, einst
Kantor. Dieser führte, zu glücklicheren (?) Zeiten, das NEKRO-
LOGIUM, betreute Archiv und Schreibsaal, und schliesslich
oblag ihm auch die Leitung und Einübung des Chorgesangs.
Pater Wick, der am Morgen den Hochaltar gedeckt hatte, blinzelt listig, hat ein verdächtiges Rosarot, das sich von der Nase
zur unteren Backenhälfte und, abschwellend, zu den Ohren
hinzieht. Vierundvierzig Jahre sei er da. Er ist erstaunlich frohgemut, aufgeräumt, hat Lust zum Plaudern. Er zeigt uns, teil-
weise, das Kloster. Den Weinkeller öffnet er nicht, dafür den
Speise- und Kapitelsaal. Zeigt uns die Bohnen, rote, schwarze
und weisse, mit denen über den Verbleib und die Emanzipation
der spärlichen Novizen abgestimmt wird. Zwischendurch rezitiert der Pater fleissig Latein, auch den Hexameter mit der Maria und dem Rossbollen vor dem Hause, fragt uns ab. Gottseidank
ist ein Lateinlehrer da.

Übrigens: Pater Wick hat eine unerhörte Ausstrahlung.
Für mich nicht zugänglich, besonders angesichts der Jahrzehn-
te hier, in diesem Tal, zwischen Sandsteinfelsen und Sarine.
Und angesichts auch seiner bestimmt immer schmerzenden
Hüften. Nur vom Wein kann diese Fröhlichkeit nicht sein. Spaziergang nach Posieux, ins »Croix Blanche«. Zum Apéro. Eine
Beiz mit grossem Saal, viel Platz um die Tische herum. Wohltu-
end das Schöppli Weisser. Auch das ist Hauterive, nachdem
dieser Wein ja von hier stammt. Irgendwann, im 19. Jahrhundert, haben sich die Fribourger den Weinberg unter die Nägel
gerissen, wahrscheinlich kostenlos, in einem liberalen Wind-
stoss. Beutegreifer.

Am Donnerstagmorgen, natürlich auf Initiative von Jakob, wanken wir zu den Vigilien: 03.45. Trotz meiner Uniprix-
Langunterhosen will die Nase nicht warm werden. Das Psal-
mieren der Mönche tönt um diese Zeit so frisch denn auch
nicht, und manch einer von ihnen würde wohl kaum abwinken,
wenn man im Chorgestühl Bettdecken verteilte. Beim Psalm
83, »Quam dilecta tabernacula«, erwischt es dann auch den Jakob endlich. Anstatt »Altana tua, Domine virtutum« liest er
»Allotria tua Domine virtutum«. Im Militär gibt es um diese Zeit
die meisten Schiessunfälle. Immer öfter beginnen vor meinen
Augen die Kirchenlichter zu oszillieren, bekommen kleine
Schweife, greifen aus, mit langen Strahlenfingern, bis ich plötzlich aufschrecke und mich eilig am liturgischen Psalterbuch
festklammere. Fünfzehn Minuten Pause. Ich krieche eiligst unter die Decke, ziehe die Pulliärmel über die Hände, und päng:
Wir stehen, um 05.30, in den LAUDES. Meine Nase ist noch
kälter geworden, dafür hat sich das Oszillieren gelegt. Der
Mönch in der Mitte rechts, von mir aus gesehen, greift sich be-

denklich oft an die Stirn, streift übers Gesicht, als ob er Spinn-
huppelen vertreiben müsse. Oder ist es der heilige Geist? Oder
einfach ein Gedanke an Sünde?

Gottseidank gibts im KONVENTAMT, 06.00, mehr Licht.
Ich wünschte, es gäbe Orgelmusik. Nichts dergleichen. Neben
und vor mir ist ein ständiges Auf und Ab. Massenkoitus. Ich
sitze, jetzt wieder etwas vertiefter als üblich. Herrlich die Kom-
munion. Der Schluck Weisswein belebt ausserordentlich, passt
zum Brot, das wir, zwischen Vigilien und Laudes, beim Speisesaal in Gottes Namen und grösster Not abgezweigt und auf die
Psalmbücher gelegt haben (natürlich: Jakobs Idee).

07.00 Frühstück. Das Bett ist schnell gemacht, und um
halb neun starten wir Richtung Fribourg, der Sarine entlang,
durch herrliche Wälder, an lichten Auen vorbei. Irgendwo ein
Elektrizitätswerk, zwei Mann bei einem Flachdachhäuschen,
die schleifen und mauern, die Raben vertreiben, zerschneiden
lauthals krächzend die Stille. Ein Bauernhof mit zwei Hunden,
die uns jaulend begrüssen, ein Stück begleiten, wild in grosse
Zähne bellend. Vor Petit Marly zwei grossbrüstige Joggerin-
nen, vermutlich Hausfrauen, den zunehmenden Liebesmangel
kompensierend. Lärm auf der Hauptstrasse. Lastwagen, Busse
und überhaupt unsäglich viel Verkehr. Ich schlage ein Taxi vor,
nachdem Jakob mit ausgestrecktem Arm auf irgendein Haus
zeigt, weit weg, wo wir abzubiegen hätten, nach La Maigrauge. Jakob bleibt hart. Er kann gut lachen, mit seinen Plastik-
turnundrennschuhen mit eingebauter Marschhydraulik, so
richtigen kleinen Stossdämpfern, die, wie Jakob meint, das Gestell schonten. Mit meinem Pilgerstock fühle ich mich da schon
viel wohler, der stützt zumindest das geistige Gestell, und bis-

weilen ein Herzensgebet zur rechten Zeit ausgestossen, ist ja auch Hydraulik, würde Bruder Maria Emmanuel voller Zuversicht einwerfen.

Wir überqueren die Sarine, auf einer Tausendtonnenbrücke, die sich ächzend übers Tal zu spannen hat. Unter uns Halbinseln in brauner Brühe, hie und da ein Treibholz, neben uns donnern die Lastwagen, rumpeln Traktoren, zischen ungeduldige Fribourger vorbei; nichts von Kontemplation weit und breit. Nur Sumpf, oder fast nur, denn: selbst in einem Magirus Deutz, würde Emmanuel argumentieren, ist Abba, und nur das Gehäuse, der Fourgon an sich, die Karrosse ist Drache.

Nach zwei Stunden erreichen wir die technische Uni, wo sie eine Kaktusversuchsabteilung unterhalten, behauptet mein flinker Mitwanderer. Dann gehts rechts ab, durch die Sandsteinhöhlen, hinunter zum Stausee von Guillaume Ritter, diesem mutig entschlossenen Pionier der Frühindustrialisierung. (13.15: Es läutet zur Non, ich genehmige einen Schluck LYNCH BAGES 1975.)

Wir stehen im Eingangshof des Frauenklosters La Maigrauge, gegründet 1262. Über der Eingangspforte öffnet sich unvermittelt ein Fenster. Eine bebrillte Frau Oberst schaut heraus und sagt: »Das ist aber nicht wahr.« Mit Erlaubnis der Schwester Pförtnerin dürfen wir ins Sprechzimmer. Jakob stürzt sich auf einen antiken Beistelltisch, untersucht ihn mit Kennerblick, sagt, dass ihm dieser ausgezeichnet passe. Ob er ihn mitnimmt? Ich bete zu Gottvater, dass dem nicht so wird. Mitten im grossen Raum, rundherum stehen Stühle, ist ein kleiner Tisch. Man hat für zwei Personen gedeckt. Es gibt Nescafé nature, ohne Milch und Zucker. Die freundlich blickende Pförtner-

schwester bringt heisses Wasser, dazu Kekse aus der Büchse.
Frau Oberst fasziniert uns, erzählt vom fraulichen Klosterleben.
Sie hat etwas Madonnenhaftes, mindestens von der Seite betrachtet, ihre blassblauen Augen sind freundlich, fixierend,
blitzen zuweilen, wenn es um die Emanzipation geht. Dass Äb-
tissinnen und auch sonst Frauen keine Messen lesen dürfen, ist
auch für uns unerklärlich, wird uns erst jetzt bewusst. Das Pa-
triarchat rotiert hier immer noch, gar frohgemut in allen Farben, gebündelt in einem einzigen, hodenbehängten Priester,
der wohnt und befiehlt. Selbst die Telefongespräche, die er eifrig abhört, richten sich nach seinen Wünschen. Trotzdem, was
tröstet: Hahn im Korb ist er mit Bestimmtheit nicht. Wir reden
vom Fasten, vom vierten Tag, wo es, so Frau Oberst, ungeheu-
erlich aufwärts ginge (nach all dem Wasser). Ich begeistere
mich, soweit es den Wein nicht betrifft. Das ist offenbar verboten. Andererseits: Ein guter Bordo ist bestimmt nicht ungesün-
der als zwei Flaschen Johannisbeersaft. Jakob frässe bei diesem Thema am liebsten alle Guetzli vom Tisch. Wir beschliessen,
uns alsbald zu einem Konversentreffen zu versammeln, in Hünenberg, bei einem Sechsgangmenü. Frau Oberst hat die Fin-
gernägel dunkelgraublau gestrichen und die Strümpfe abgestimmt. Es passt annähernd zum Emmanuelschen Marienblau,
die Nummer 4 im Herzensschema. Jakob murmelt, nachher,
auf dem Weg zum Bier in die Basseville: eine interessante Frau.
Ich stimme zu. Und das alles im Kloster (hier vermutlich nur
lernt man das wahre Leben).

Trotzdem: weder Bruder noch Pater wäre mir angenehm.
Dann schon lieber Pfarrer bei der Äbtissin, quasi als Telefon-
seelsorger. Meinetwegen könnte dann auch die Äbtissin die
Messe lesen, ich läge gerne im warmen Bett, die Federdecke
über und das Herzensgebet in mir. Dafür würde ich das Güllen-
problem lösen und das Landwirtschaftsgiftproblem, in Haute-

rive, wogegen Frau Oberst gar vehement zu wettern wusste. Sie hat uns darob sogar vom Bad in der Sarine abgeraten (ob Jakob zu dieser Jahreszeit wirklich in die braunen Fluten tauchte?).

In der Basseville gibts, für mich, das längst ersehnte Bier, Marke Hürlimann (la bière du mari de la petite prostituée). Die Wirtin trägt einen roten Lederschüpp mit abzeichnendem Hinterteil, das sie dem Pöschtler, der gerade eingetreten ist, unzweideutig entgegenreckt. Proscht. Offene Beine, fürwahr.

12.05 Silenzium beim Mittagessen. Hacktätschli, französische Rösti und Salat, dazu Moscht oder Wasser. Mein Tischnachbar frisst immense Mengen, füllt Zahn um Zahn und grunzt und wölbt die Lippen wie ein Weihnachtskarpfen. Er schwitzt unsäglich.

Derweil psalmiert es scheppernd aus dem Lautsprecher. Klostergeschichte auf Französisch.

Die Vigilien beginnen sich merklich in mir auszubreiten, ein leichter Halsschmerz, und vor allem das Genick ist jetzt verteufelt verkrampft, auch ein kleines Kopfweh kündigt sich an. Das klösterliche Motto, der Körper sei auszumerzen, um den Geist zu gewinnen, hat mich offenbar berührt, eine Art katholischer Streifschlag. Dass das Gegenteile wahr ist, haben auch die Jahrhunderte in diese Hallen nicht gebracht. Millionen von Psalmen und Abermillionen von Tischlesungen sind hieran unberührt durch tausend Jahreszeiten gegangen, und auch die geschwollenen, krampfadrigen Beine, die Magengeschwüre, die Muskelkrämpfe, der Haarausfall, die Prostataleiden, die Verfettung, sie alle vermochten den Körper zu keinem Leben anzubewegen. Da sind wir wieder bei der Frau, diese Ausgeburt des Fleischlichen, des Niederen, des Minderwertigen, des BÖSEN schlechthin. Alles was Frau ist, macht Angst, und alles, was Angst macht, ist mithin zu drücken und zu unterdrücken, auszumerzen oder dann zumindest auf kleinstem Feuer zu halten. Deshalb auch die Furcht vor dem Sperma, diese unsäglich unauslöschliche Verbindung zur Frau, dieses Teufelszeug, das ungehindert aus den Lenden spritzt, unwillkürlich, Liturgie hin oder her. Dass unter diesem Aspekt das Onanieren nur Todsünde sein kann, liegt auf der Hand, besonders der Mönchshand. Nicht von ungefähr zielten einstmals die Exerzitien, auch diese, mit aller Kraft auf den genannten Tatbestand, will sagen, auf den – sündigen – Gedanken an die Weiblichkeit, und die unzähligen hiefür von allen Päpsten mittels Kreisschreiben und Bullen (!) vorgegebenen Schuldbekenntnisse und vorformulierten Reueschreie ranken sich serpentinenartig, wie eine katholische Tremola, durch alle Wochen-, Sonn- und Feiertage. Jetzt verstehe ich auch, weshalb die Nonnen gerade gut genug für die Hostienproduktion sind, gut genug, um Psalmen abzusingen, untertänigst zu lächeln und ansonsten nichts zu tun. Der Hauptbereich, das Zelebrieren, ist ihnen und bleibt ihnen verschlossen, gehört allein dem Papst und – grotesk? – dem Marienverehrer. Dass eine Mutter immer auch Frau ist, hat man wohl in der katholischen Kirche bislang nicht erkannt. Tröstlich ist, dass der Obrigkeit die Durchsetzung dieses Dogmas zunehmend schwer zu fallen scheint, andernfalls die Mönche hier so fröhlich gar nicht sein könnten. Also ist es eine Frage der Zeit, nur ist es dann vermutlich schon zu spät.

Wir schwänzen die Vesper und das Komplet. Zu Besuch bei Familie Casanova (welche Koinzidenz!), zum Apéro Schampanier, dann, wie herrlich, Vodois-Wurscht, eingepackt in Blätterteig, begleitet von Salat und schwerem Bordo. Da verblasst selbst die Lebensmittelabteilung in der Placette, zerstiebt in einer gelben Wolke und fällt zusammen wie ein durchstochener Velopnö. 22.00. Im Bett, hundemüde, aber schlaflos.

Der Wecker steht auf KONVENTAMT. Trotz dem ungelösten Frauenproblem ein einmaliges Erlebnis, auch für einen Pantheisten und Frauenliebhaber.

Pater Stephan zählt die Kommunikanten und misst den Messwein ab, mit lebhaften Äuglein, voller Schalk. Das ist das andere, liebenswerte Hauterive, das ich unter keinen Umständen missen möchte. Es ist die stille Lust am Dasein, am immerwährenden Tagesanbruch, an den immer neuen, wenn auch eher inneren und nicht leichthin zu fassenden Erlebnissen. Ein Fehlgeleiteter jener Papst, der nicht weiss, was er hier für Menschen hat, mit denen sich Berge wahrhaft zuhauf mit einem Schlag versetzen liessen. Am Freitagmorgen Fribourg. Basseville. Herrlich renovierte Fassaden. In der Bergstation des Funiculaire stinkts wie in einer altrömischen Kloake. Jakob will, natürlich, auf den Führerstand, talseits, wird weggejagt. Auch als Konversen ist uns dieser Genuss verwehrt. Auf halber Strecke, links, stehen neue Häuser, Ausgeburten eines kümmerlichen Architektenhirns. Jakob nennt sie »Legohäuser«. Ein Trupp Zürcher Jugend mit Farbbeuteln wäre hier grad so recht am Platz. In der Stadt wird überall gearbeitet, am Bau, an Brücken, die Baumeistersfrauen schreiben Offerten und Rechnungen, Rechnungen und Offerten. An der Kaserne vorbei, zählen wir Häuserzeilen, lange, kurze, teils versetzte, nahezu alles Mittelalter. Jetzt, rechts von der Sarine, über die Brücke beim E-Werk. Unterhalb der Samaritaine ein Becher, Jakob Milchkaffee. Die Samaritaine hinauf, zur Nr. 16. Da wohnte ich Anno 1969. Das Haus vor dem Brunnen, der immer noch plätschert, 12. oder 13. Jahrhundert. Mir ist da ziemlich alles Nebel, weit weg, mein Langzeitgedächtnis streikt noch. Fremde Namensschilder. Oben biegen wir rechts ab. Augustinerkloster. Zimmermannsgotik. Daneben die Fotoausstellung, tätowierte Japaner, Ganzkörper, selbst die Brüste und die vielen Hinterteile. Die Geschlechtsteile sind – warum eigentlich – schamhaft verdeckt, mit gerollten Küchentüchern. Über die alte Holzbrücke, wieder hin zur Stadt. Im TUNELLE zwei Ricards. Rue de Lausanne, Schweizerischer Bankverein, damit ich Mitglied der Freunde von Hauterive werden kann. 12.00. Mittagessen. Gemüsesuppe, Thonsalat, Hörndli. Eierkuchen und Heidelbeerkuchen. Dazu Wasser, Moscht, wer will.

Jakob schmeckts, ich faste.

Nach der Non, 13.30. Disput mit Bruder Emmanuel. Tod und Frau und Mutter, Erbsünde, Verheissung und Erlösung. Jakob glaubt an die Reinkarnation, ist wahrhaft ein Wiedergeburtler. Emmanuel widerspricht, zitiert die Bibel selbstredend. Antithese: Es gibt nur einen Leib, den nämlichen, in dem wir auferstehen werden, mit Vielleiberei sei nichts. Emmanuel erzählt vom Tod seiner Mutter, dessen Überwindung, noch im Puschlav. »Jesus ist bei mir, Mutter ist jetzt bei Jesus, also ist auch die Mutter bei mir, in meinem Innern.« Das ist, immerhin, ein Ansatzpunkt. Die Bewegung ist in uns, wir haben zwar immer den gleichen Leib, sind aber allemal Produkt unserer Vorfahren, sie sind in uns, bestimmen unser selbst, sind unser Plan und letztlich unser Jetzt. Kollektives oder familiäres Unbewusstes, beredter Archetyp. Zeit ist immer Gegenwart, dergestalt. Es sind – auch – immer die Vorfahren, die in und uns agieren, ungezählte Leben, an uns weitergegeben, zwar von uns selber nicht erlebte, aber in uns bewahrte Leben. Das erklärte auch die Möglichkeit der Rückführung, die in uns gespeicherte

Tonbandkassette, die sich unabhängig von uns, aber durch uns abspielt, folglich auch – siehe Medium – abspielen lässt.

Emmanuel: »Erst bei Gott werde ich ganz Mensch sein.« Eine wahrhaft geglückte Lösung: die »Erlösung«, jene von uns selbst.

Frau und Kirche, die Angst des Torwarts vor dem Elfmeter.

Die Frau immerhin galt bei den Juden nichts, das Beten im Tempel war ihr verboten. Nämliches galt bei den Griechen, bestätige ich. Göttinnen gab es eine Unmenge, Philosophinnen keine. Wir haken, im Chor, ein. Und heute: Da ist das Rollenverständnis beileibe anders. Die Frau ist, annähernd, abgesehen von der katholischen Kirche und einigen anderen Unbelehrbaren, emanzipiert. Sie darf überall beten, selbst in der Kirche, und als Nonne zumal wird sie auch vom Papst akzeptiert, mindestens als Torwartin. Emmanuel klammert sich, im Gegenzug, beste Indoktrinations- und Inquisitionsschule, an Förmlichkeiten, Zwängereien. Sein Einwand: Nie könne eine Frau sagen, als Priester, »das ist mein Leib, das ist mein Blut«. Jesus sei nicht Frau, sondern Mann gewesen. Seit wann, entgegne ich, ist ein Priester Jesus? Emmanuel gibt sich nicht geschlagen. Aber die Mutter, meint er, die Frau ist doch Mutter, sie hat etwas, das einem Mann nie zugänglich sei. Richtig, aber deswegen ist ihr doch das Priesteramt nicht unzugänglich. Jakob treffend: Es ist die Angst vor dem Verlust der Mutter, dieser stärksten aller Erinnerungen und zugleich die Angst vor der Partnerschaft. Das Unvorstellbare ist die Frau als Partnerin, die Mutter, die plötzlich zum Weibe wird, nicht hütend, säugend, vielmehr entgegnend, Nacktheit, Körperlichkeit. Vermeintlicher Verlust des Mutterschosses, mindestens die stets behütete

Erinnerung daran. Aber all dies hat nichts mit Religion zu tun, nur mit Paulus, diesem Weiberhasser, diesem homosexuellen Brustverächter und Aufrechtbrünzler.

Für die Kirche aber ist präzis der – unbefleckte – Mutterschoss die Frage des Überlebens. Wer sich im Jet-Zeitalter wie ein griechischer Philosoph, 435 vor Christus, oder ein jüdischer Pharisäer, 10 Jahre nach Christus, verhält, der ist doch glatt geliefert. Der hat den Fangschuss, den göttlichen, verdient, und wenn man dann noch argumentiert, dass halt der Papst ein durch und durch unfehlbarer Elfenbeintürmler sei, losgelöst von jeglicher Realität, sozusagen erhaben und bar jeglicher menschlicher Regung (muss er nicht auf den Abtritt?), dann ist das kaum mehr denn ein analgesalbtes Dogma und steht gleichsam auch für Paviera, der da meinte, im Leben eines guten und erfolgreichen Mannes gäbe es nur gerade zwei Frauen: die Mutter und die Mutter seiner Kinder.

Emmanuel lenkt trotzdem nicht ein. Insgeheim, sein Blick verrät es, ist er dennoch irgendwie und irgendwo auf unserer Linie. Das ist gut. Denn Emmanuel ist ein wahrhafter Mystiker, ein Erleuchteter. Immerhin ist sein vollständiger Name: Bruder Maria (!) Emmanuel. So habe ich ihn gern, ich möchte ihn nie, aber wirklich nie, missen.

15.45. Emmanuel schneidet einem Mitmönch die Haare.

Wir spazieren nach Posieux. Zum Apéro. Dann Nachtessen – Geschwellti – und schliesslich, um 19.00, Komplet (mit Salve Regina und Herzensgebet):

OH MENSCH! GIEB ACHT !
WAS SPRICHT DIE TIEFE MITTERNACHT?
ICH SCHLIEF, ICH SCHLIEF –,
AUS TIEFEM TRAUM BIN ICH ERWACHT –
DIE WELT IST TIEF,
UND TIEFER ALS DER TAG GEDACHT
TIEF IST IHR WEH –,
LUST – TIEFER NOCH ALS IHR HERZELEID
WEH SPRICHT: VERGEH!
DOCH ALLE LUST WILL EWIGKEIT –,
– WILL TIEFE, TIEFE EWIGKEIT!

Friedrich Nietzsche

Megève. Täler, Felsen, blauer Himmel, hinauf und hinunter. Kurven, dass es einem fast den Sattel weghaut, die Räder quer, kalte Hände. Ohne Brille gehts nicht, der Wind fährt einem in die Hosen, knallt an die Beine, umwieselt die Schuhe, hinauf bis in die Ohren.

Wenn er den Wagen bestieg, stand er gerade und hielt das Handseil. Im Wagen sah er nicht nach innen, sprach nicht hastig und deutete nicht mit dem Finger (KUNGFUTSE, Gespräche mit LUN YÜ: »Der Wagen«).

Jakob hockt knollig auf dem Gefährt, schnuppert wieselgleich in die Bergluft, hauts ab, kurvend, Kurve zu Kurve zu Kurve. Hie und da wedelt er, wie Zurbriggen. Nur hatte der Schnee vor sich. Ich wedle auch. Jakob jauchzt. Er sei ein Jäger, jagt das Töff durch die Gänge, lässt es bellen und schiessen und knallen. Und um wie viele Jahre die Vespa das Alter verkürze, wäre auch eine Frage. Eine Art Glückssprung, jungbrunnig, hingeknattert.

Albertville. Zum Kotzen.

Die Felsen haben sie noch nicht alle abgetragen, und wenige Bäume stehen auch noch. Man liess ihnen gar die Wurzeln, bis auf weiteres.

Frauenmund und Frauenaugen, auf offener Strasse, es kommt ihr wie ein Gebirgsbach.

Sie heisse Monika, sie wimmert, vor Lust. Ihre bettweiche Haut an meinem Mund.

Wo die Vespa ihre Klitoris habe, fragt der Garagier, etwas anzüglich, schüttet dann gleichwohl Vierprozentiges hinein, später winkt er freundlich, mit verkniffenen Augen und schwieligen Händen, ölbefleckten.

Ich bitte doch; die Vespa, das ist eine Tigerin, also auch weiblich, aber keine Frau. Jakob hat immer genügend Abstand, da das Gemisch so stinke, so grauenhaft, in den ganzen Himmel hinein. Ich esse einen Knoblauch, versteuke zwei Elstern, in voller Fahrt.

Heia.

Grenoble. Durch das Tal der Isère, grüne, volle Fruchtbarkeit, träger Fluss, guter Fluss, viel Gegenwind. Wir donnern und schnurren dem Flussbett entlang, hie und da verglitzert, wenn die Sonne scheint, durch Wolken zuckt, hie und da verbleit, nicht nur der Lastwagen wegen, die uns überholen, worauf die Vespen bedenklich wackeln. Fahre Bub, fahr, weit hinein, zum Rand. An den Rändern ist es sicherer.

Im Kaffeehaus Bier und Kaffee getrunken, neben uns eine Mutter mit Kind, geplagte Mama, füttert den Schrei.

Im Fotogeschäft stehen sie Schlange. Weshalb? Es ist heiss. Das Autosilo aus den Zwanzigerjahren finde ich nicht mehr, ist verschwunden, zerrissen. Dafür eine Goluas Blö, auf dem Töff. Der Genuss eines üppigen Stadtverkehrs, die Überholung, die Abzweigung, quer durch, das Wedeln, hie und da, immer wieder.

Mich friert.

Romans sur Isère. Hotel Cendrillon, nach Michelin und vis-à-vis vom Bahnhof.

Knotenpunkt der uneleganten Welt, des Lärms. Die Wirtin wirkt anzüglich, ist ansonsten nett, berührt uns leicht und abwechselnd am linken und rechten Arm. Dass sie Geld bräuchte oder dass sie die Männer liebe. Wahrscheinlich beides. Der Kaffee riecht nach Fleischsuppe, das Frotteetuch ist gesteppt, an beiden Enden. Jakob: wahrhaftige Analfalten. Ansonsten Plüschtapeten und ein Wasserklosett, übers Eck versetzt. Der Molton starrt vor Schmutz, wurde intim behandelt, ich finde ein paar Schamhaare, vor allem blonde. Die Wirtin ist schwarz.

Nachtessen im Restaurant Sternen, im Garten, Platanen und Strasse und Benzindämpfe und Blütengerüche. Ein nervöser Kellner, Spastiker. Bellt die Bestellungen den Gästen rekapitulierend in die hungrigen Gesichter. Pastis. Irgendwo schwängert ein Gewitter, wie gut das in die Nase sticht.

Es war ein leichter Schwindel, der ihn ergriff, jedoch durchaus zureichend. Man sah Herrn Dr. X mit den Armen rudernd verschwinden, tonlos. Das war später, beim Pont du Gard.

Die Serviertochter hat bleiche, nahezu schneeweisse Beine, ein Schneewittchen im Minirock aus elastischem Material, so dass sich ihr Hinterteil wie ein Vollmond über der Sahara gegen unsere Tischplatte neigt. Das Gesicht, immerhin, ist hübsch. Das Gewitter bricht trotzdem aus, Winde fegen uns Blütenblätter und Baumteile in die Teller. Wir sind standhaft und bleiben als einzige im Garten. Nicht einmal der Spasmokellner traut sich zu uns heraus. Erst die schweren Tropfen treiben uns hinein, zu den drei Damen mit Kind. Zwei Espressi.

Später benützt Jakob die Toilette auf dem Gang, bei der schwarzen Wirtin, liest aus dem Dumont. Man sieht gerade genug, um unendlich viele Türen zu erkennen, auch diese tapeziert, mit rotem Plüsch.

Was »Le Cendrillon« bedeute? Edith Piaf liebte hier ihren um vierzig Jahre jüngeren Impresario, gewaltig, intensiv, im Halbdunkel wurde sie zum jungen Mädchen mit straffer Brust und innseits seidenen Schenkeln, war ständig feucht zwischen den Beinen, auch während der Konzerte, vor allem dort. Je t'aime, das leichte, schmetterlingshafte Zittern der Augendeckel, das der Impresario derart schätzte.

Die Wirtin sagt, das Zimmer sei still, ja geradezu lauschig. Nach zehn Uhr. Der Verkehr rauscht, unaufhörlich, auch nach Mitternacht. Auf die etwas vorsichtige, leicht schuldbewusste Frage, wie es gewesen sei, antworte ich: Seulement la guerre est plus calme.

Im Lavabo Wäsche gewaschen, an der Elektroluftheizung getrocknet. Die Socken hänge ich an einen plastifizierten Kleiderbügel, der seinerseits mit den Bergschuhen beschwert wird, die ich wiederum auf die Heizung stelle.

Goluas Blö sans Filtre.

Richtung Valence, vor der Stadt abgebogen, nach Crest, in Zickzackbogen und im Kreis herum. Irgendwo getankt, ein intaktes mittelalterliches Städtchen, Suche nach Äpfeln. Vor der Kirche ist Gemüsemarkt. Ich kaufe Knoblauch, Jakob wählt Zwiebeln. Links von uns ein Peugeot, mit geöffneter Heckklappe, auf einem Brett Geissenkäse, jeden Alters. Zwei hübsche Töchter steigen aus, verkaufen uns drei Käslein und winken uns fröhlich, als wir abfahren. Das tut gut. Jakob jauchzt, beginnt zu wedeln. Begude, Guan, Valréas, Nyon, Vaison les Romaines, Malancène, Carpentras, von dort auf die D 4, dann die D 1. Es beginnt zu regnen, die Tröpfchen nadeln ins Gesicht.

Halbblind angehalten, vor der Mas Secret de Malauquet. Ich trete in einen Schwall menschlicher Exkremente, vermischt mit dem Geruch von Provencekräutern. Eine Art Rezeption in Form eines Pults, darauf verstreut: ein Messer, ein Stück Käse, diverse Korrespondenzen, ein Kursbuch der französischen Staatsbahnen, Weinflecken, eingetrocknet, seit Jahren vermutlich. Der dicke, schnurrbärtige Beizer riecht nicht besser, einer fetten Fliege nicht unähnlich, in seinen Bewegungen spätherbstlich, mürrisch, unbeholfen, klebrig. Ja, ein Zweibettzimmer habe er noch, übrigens das letzte. Jakob und ich parken die Wespen, protzen ab, Materialschlacht trotz den paar Kleinigkeiten, per Saldo, die wir herumfahren. Aber die Regenüberzüge, die schweren Schuhe und Handschuhe, die dreckigen Brillen undsoweiter. Alles auch Material, oder mehr als das. Später die Überraschung: eine azurblaue Badewanne, leicht erhöht, irgendwie untersockelt, gleich daneben der Ort der schnellen Vereinigung, ein Grandlit, bequem, zervögelt und eng, es müffelt nach nassem Hund. Wir sind, gottseidank, kein Liebespaar. Also ab- und aufgeprotzt, die Strasse hinan, im Regen. Flucht nach vorn, der Beizer versinkt in der Scheisse.

Wenn du an ein Loch kommst, bist du freihändig immer am Arsch. Merk Dir das, Vespafahrer!

Die Wirtin in Saint Didier ist Französin, was man von weitem sieht. Kurzes blondes (?) Haar über einem alternd hageren Körper. Die Augenpartie angespannt, nach so vielen Ehejahren kaum erstaunlich, die Stimme hoch, könnte leicht in ein unangenehmes Kreischen verfallen. Wovor wir verschont bleiben, immerhin. Wir sind im »Les trois Colombes« in Saint Didier-les-Bains, an der 148, Avenue des Garrigues, über die D 2 von Carpentras – auch mit einer Vespa und selbst im Regen – leicht erreichbar. Das Zimmer ist einfach, aber herzig, wie die junge Serviertochter. Wahrscheinlich ein Mischling, mit Zahnlücken vorn, worüber sich Jakob, nicht nur als Medikus, lustig macht. Ob sie damit Rüebli rasple?

Später, weils regnet, einen Peugeot gemietet, bei Madame Dauvilliers, 670, Avenue Victor Hugo in Carpentras. Eine wahrhafte Lachorgie, mit Madame, nachdem sie liebevoll unsere beiden Vespen betrachtete und keinesfalls glauben wollte, dass wir beide, der Arzt mit seinem Hausjuristen und umgekehrt, direkt aus der Schweiz kämen, mit diesen Untersätzen. Geschüttelt von Lachkrämpfen winken wir den Dauvilliers, steigen in den Peugeot und ab gehts zur Fontaine de Vocluse, diese Quelle eines Urgrunds. Petrarca und Laura, Mistrals Spruch am Eingang. Dunkelgrün, oben Karstfelsen. In der Riesenhöhle esse ich einen Knoblauch, Jakob zitiert aus dem Dumont. Cousteau habe es auch versucht, den Quell zu ergründen, bis zu einhundertundsieben Meter Tiefe hätte ers gebracht; fündig wurde auch er nicht. Oben steht Monika und winkt. Ausserdem wenig Touristen nur, das Musée de la Résistance ist geschlossen. Das grüne, träge Band der Sorgue, kleebewachse-

ne Ufer, blühender Holunder. Jakob steckt die Nase in die
Sträucher.

Aix-en-Provence. Cours Mirabeau, dichtes Platanendach. Wasser und Kaffee im Cafe LE MAZARIN. Schöne Mädchen des Südens. Regenschirme. Langes schwarzes und dun-
kelbraunes Haar wiegt vor, dunkle Augen. Es ist oft nur diese
Handbewegung, das über den Kopf streichen. Stolze Bürger-
häuser, ehemals Banken und allerhand Kontoreien, jetzt leergefegt, graue Jalousien, halbgeöffnete, halbgeschlossene. Par-
kettböden, gesprungenen Lippen gleich.

Das Oppidum Entremont, den Gründerzahn von Aix, suchen wir im anschwellenden Abendverkehr vergeblich. Und
für das Atelier von Cézanne ist es zu spät, also auch für den
zugewucherten Garten, wo der Künstler zuweilen ein Glas
Rosé schlürfte, später, im Alter, vor sich hinsabbernd die Amei-
sen auf den Schuhen zählte, die Pinselstriche einer wogenden
Landschaft am Hinterkopf. Wir flanieren den Cours Mirabeau
hoch, eingegrünt, eingedeckt, Behausung eines aufgeschreck-
ten Wespenvolks. In einer Riesenpapeterie kauft Jakob für seine beiden geliebten Töchter Malstifte, nebst zwei Malbüchern,
ich finde, endlich, einen ansprechenden Blindband. Jakob
schnüffelt im Papier herum, Reminiszenz an den Dorfschulla-
den seiner Grossmutter. Oben rechts in die Rue Frédéric Mist-
ral eingebogen. Ein Parisette, einige Geissenkäslein. Die Häuser hoch, aber allemal nur zweistöckig. Überall Tafeln von
Ärzten, die hier angeblich ordinieren. Leichter Regen, ansonsten Süden, auch irgendwie: Genua. Zwei Besoffene, offensichtlich Clochards, taumeln vor einer Kirche herum, die wir betreten, unangefochten und unangebettelt. Der Vorteil unserer
Vespakleider und der verschmutzten Bergschuhe. In Aix möch-

te Jakob studieren, nicht die Frauen, sondern das Savoir-vivre, quasi als universitäre Parfümflasche. Jedenfalls: eine eindrückliche Stadt. So wie das Blättergewirr der tausendjährigen Platanen. Ich esse auf offener Strasse einen Knoblauch. Lust auf Pastis. Jakob zaubert eine Zwiebel aus dem Hosensack, beisst kräftig zu. Quel Odeur. König René der Gute, Graf der Provence, winkt uns zu, heimlich grinsend, ein Stück Blutwurst in der Lücke, wo einstmals seine Weisheit steckte. Zahn der Zeit.

Immerhin: ein wenig Sonne, am nächsten Tag. Also hoffnungsfroh, gutgelaunt. Wir freuen uns auf die Rösser. Ich fahre den Peugeot zurück, hinter mir Jakob mit der Vespa, die plötzlich stehen bleibt. Wie abgeschnitten, stöhnt Jakob. Die ganze Anschieberei nützt nichts. Der Esel am Berg. Da wir den Weg – nicht ganz – versperren, knallt eine Dame mit ihrem VW in ein Gartengatter, flucht lauthals. Jakob lacht, ich schwitze. »C'est le carburateur, une constipation!« diagnostiziert der Garagier, Monsieur Automne, wichtigtuerisch, für die Reparatur benötige er den ganzen Tag. Jakob märtet ihn herunter, bis drei Uhr. Stürmische Begrüssung durch die Dauvilliers. Die nicht unappetitliche Autovermieterin hat offensichtlich Freude an uns, ihr Ehemann auch, Gott sei Dank. In Carpentras ist Markttag. Wir hocken herum, hoffen auf Monsieur Automne, trinken Kaffee, umrahmt von zwölfjährigen Buben und Mädchen, offenbar aus dem benachbarten Lyceum. Es wird gewaltig gebalzt, Probe auf Weib zu Mann. »Schnuslig« und »schnüggig« kommentiert Jakob. Durch den Markt geschlendert, zwischen Kleiderbügeln, Käse, Äpfeln, Korsetterien, Stiefeln, Knobläuchern und Rohschinken. Später, als der Markt, wie ein Spuk, verschwunden, weggeweht und aufgebrochen ist, verzehren wir an der Stadtmauer ein Parisette, die Beine lasse ich auf einen Tennisplatz hinunterbaumeln. Rechts von uns, auf einer

Parkbank, schnarcht ein Arbeitsloser, die Mutation zum Clochard ins Gesicht gesteckt.

Später in der Garage. Jakobs Vespa läuft, ist frisch gerusst, derweil dann auch mein Töff einen Schaden hat. Nur mechanisch zwar, trotzdem signifikant: eine Stossdämpferschraube fehlt. Herr Automne weiss Abhilfe, für vierzig Franken. Er ruft den Kriegsveteranen – Gehilfen, Vater oder Bruder. Er erzählt vom Krieg, mit blutunterlaufenen Augen, zwischen den Lippen eine Selbstgebastelte, die bräunlich schlaff, erloschen nass zur Erde zeigt: Fünf Jahre Kriegsgefangenschaft bei den Deutschen, wo er Motoren demontierte, am Laufband, 1940 bis 1945, und zu essen hätten sie später auch gehabt, nachdem er zuvor auf dreissig Kilo abgemagert sei. Der Kriegsgefangene montiert krummbeinig und krampfadrig Pneus, Collies und Pneus, und umgekehrt, und hie und da reicht es gar zu einem Velosattel. Er ist zufrieden, scheints.

Endlich. Auf die Rösser, nach Cavaillon, leicht bedeckter Himmel, es ist trocken. Les Baux, das wir, angesichts der mehlig weissen Touristenschar, nur von weitem bestaunen. Ich lese vor, aus dem Dumont. Eine Italienerin fragt, aus grosser Brust lauthals keuchend, nach dem Festungstor. Es windet. Jakob macht Fotos, in den Ginster hinein. Wir hauen ab, zur Rhône hin. Die Mühle von Daudet. Nicht das lohnt den Halt, aber der Platz, der Ort: Provence, verdichtet. Auch hier: Ginster. Es ist – nachhaltig – bedeckt. In Arles herumgefahren, lärmig laut die engen Gassen genossen. Dieses Bullern, diese Vespas!

Süden. Arles. La Place de la Forum, die wir nach einigem Hin- und Herlümmeln schliesslich doch noch finden. Ich fahre direkt zum Hotel d'Arlatan, durch eine Einbahnstrasse, unter unmissverständlicher Missbilligung eines Ladeninhabers, der mangels Kunden die Fenster putzt. Mit verstaubten Bergschuhen und auch sonst nicht sonderlich elegant stehe ich vor der Rezeption. Grund genug für Madame, mir eines der teuersten Zimmer zu geben, vor allem, nachdem ich auch ein Plätzchen für die Töffs erbettelte. Die Suite mit der Nummer 41 und zugehörigem gotischem Aufenthaltsraum trifft uns wie die Frühlingssonne. Das Bett ist eingeklemmt, zwischen römischen Pilastern, Provenienzen der nahe gelegenen Arena: zerfetzte Christen und blutgierige Raubtiere. Das portugiesische Zimmermädchen zaubert aus dem verliebt dastehenden Grandlit ein ordentliches Doppelbett.

Nachtessen im Restaurant »Un instant d'après«, gleich neben dem Hotel. Die nicht mehr junge, gleichwohl ausnehmend schöne Wirtin stellt uns ihre Hunde an den Tisch. Jakob opfert mehrere Lammknochen, meine Dorade, die vorzüglich mundet, wird verschmäht. Roter vom Mont Ventoux, gut und billig. Jakob lässt die zweite Flasche entzapfen, derweil sich hinter uns zwei hässliche Schweizerinnen, vielleicht aus St. Gallen, einer dümmlichen Plauderei hingeben. Später auf dem Hauptplatz im Pub, Kaffee und schreckliche Chartreuse, grün wie die Hoffnung und süss wie girrender Mandolinenklang.

Ein guter Tag, trotz Motorschäden.

Jakob schnarcht in den Morgen, schaut, um vier Uhr SAT 3: Wetterprognosen.

Mir träumt, vom letzten Bild, vielleicht, gemalt mit einem CRAYON A SOURCILS. Gleichsam an den Quellen der Innereien gesaugt, diesen schäumenden Doppelböden des Ausser-

seins. Schon Josephine Baker hat sich seinerzeit, munkelt man,
die Schamlippen damit nachgezogen und mit Ketschöp gerötet.
Heiligercheib. Oder anders: eine Täuschung, da der Frühling
sich vom Sofa einer kaltbraunen Winternacht erhebe, stöhnend
umschwirrt von tausend Vogelschnäbeln, die nichts können als
zwitschernd die Bäume zu bevölkern. Ich erliege, wie jedes
Jahr halt etwas stärker – und des zunehmenden Alters wegen
– dem Wiedererwachen, dem Naturschleim, der leicht erwärmt
aus mütterlichen Böden zischt, ein Kriechen, quasi aus dem
Quell, der nie versiegen soll, zieht über den Nacken hin zum
Hinterkopf, von da hinunter über die leicht gekrausten Augen-
brauen, zur Nase, zum mit Mandelbitter voll gestopften Mund
– der Chartreuse! –, um dergestalt stracks hinabzufahren zu
den vibrierenden Lambrettalenden, die, nur zu gut weiss Jakob
um diese Unwillkürlichkeit des Seienden, sich aufbauschend
einem spitzen Urschrei schlangengleich entgegenwinden. Ich
schrecke auf, verschwinde im Bad, überprüfe die Prostata.

Markttag in Arles. Besuch der Arena, das antike Theater,
wo die Säulenreste wie abgerissene Beinstümpfe hinter einem
Kriegslazarett herumliegen. Eine Schar junger Zigeuner, die
uns bedrängt, lässt sich nur mit Kraft verscheuchen. Durch den
Markt spaziert, maghrebinischer Schmelztiegel. Die Geldbeu-
tel halten wir fest, den Multi-Prix finden wir nicht, auf die All-
zweckzange für die Vorderradschraube verzichte ich. Käse gekauft. Und Brot. In einer Eckbeiz: Betrachtungen am Leben,
dazu Geisskäse und Knoblauch. Ein monegassischer Rolls, beladen mit Zuhältern, flitzt grünscheibig auf weissem Grund
vorbei. Marktfahrer, Busse, Lastwagen, ein Geröhre wie von
Hirschen, dazwischen eine Mutter mit Kind auf Velo, Ebbe und
Flut. Jakob stellt Diagnosen, zuhauf. Ansonsten der Fluss, den
wir geniessen, hockend, halbliegend die Frauen betrachtend,

mittel- und kleinbrüstige, Männer mit riesigen Bananenstau-
den flanieren ins Blaue, ein offensichtlich psychotischer Prokurist eilt händeringend, sich aufblasend, blicklos vorbei. Wohin?
Eine ältere Dame, links von uns, bestellt den zwölften Pastis
und versucht, in ihre spärlichen Haare Locken zu kringeln, mit
beiden Zeigefingern – wohlgemerkt.

Augenschein in der Tromphin-Kirche, die Jakob später
noch ein zweites Mal betreten mag (jünger werden wir nicht).
Herrliches Eingangstor, nackte Gotik im Innern. Auf dem Weg
zum Hotel entdecken wir in einem Schaufenster die dringend
benötigten Lesebrillen. Trotzdem sehe ich nichts, der Horn-
hautverkrümmung wegen. Wie sagte doch Epiktet: Woran der
Mensch leide, ist nicht die Welt, sondern das Bild von ihr, also
die Verkrümmung. Jakob ist höchst zufrieden, mit seiner Brille.

Saintes-Maries-de-la-Mer. Mücken im Schlund und auf
den Augen, überall Zigeuner, das Meer, tobend. Die Rösser
laufen wie geschmiert. Jakob hängt den Fotoapparat übers
Gebläse, ich esse Knobli, male Karten, hoffentlich nicht die
letzten, wir vermissen die Sonne. Perücke oder Helm, das ist
einerlei. Ab durch die Camargue, zurück zu den Maghrebi-
nen. Die Gesichter von Monika vor mir, direkt, unmittelbar,
ich schnuppere ihr ins linke Ohr und erwische zwanzig lebende Mücken am Halszäpfchen. Als ob alles weg oder erst gar
nie gewesen wäre: Herbsttage in Paris, Apéro im LIPP, vor
einem Schwarzen hockend im LES DEUX MAGOTS, die Leute anstierend, dazwischen ein Pastis, vermengt mit dem Rauch
einer Goluas blö ohne.

Nachtessen in der »Brise de L'Orient«, wo der Personal-
körper, nicht ein dünner, zur Gänze aus Frauen besteht, womit
der Korsetthändler, nach all den straffen, prallen Rümpfen zu
schliessen, so schlechte Geschäfte kaum machen dürfte. Ohne
Unterlass knistern die straff eingenähten Stäbchen, und dass
sich unsere Chefkellnerin auch nur um 10 Grad bücken könnte, ist ganz und gar ausgeschlossen, jenen Notfall ausgenommen, da die Bauchkleider explodierten und die Chefin wie eine
Kanonenkugel aus einem krepierten Rohre führe, wohl unter
einem Aufschrei der dergestalt schwer verletzten Umsitzen-
den. Aber das Korsett hält. Die Chefin geht stramm aufwärts,
wie eine Blume der Sonne entgegen. Ob ein Staudamm länger
hielte?

Es gibt Fischsuppe und gemischte Vorspeise, letztere
mehrheitlich bestehend aus assortierter und undefinierbarer
fettiger Wurst in allen Farben, von tiefschwarz bis puterrot. Ich
schaudere diskret, mit einem angstvollen Seitenblick auf den
Staudamm. Dann Kalbskopf auf zwei differente, aber zugege-
ben delikate Arten, Sauce Aioli und Unmengen eines zweifelhaften französischen Landweins. Neben uns sitzt ein Buchhal-
ter und lässt sich von der lebenden Kanone verwöhnen, ja
geradezu betören und becircen, sie treibt kleine Spässchen mit
ihm, so dass sein rotes Mal auf der im Brunstschweiss glänzen-
den Stirn, dort wo ihn wahrscheinlich der Teufel trat, meint
Jakob, wie eine frisch erblühte Rose aufleuchtet. Er schlürft gemächlich Roten und verzieht artig sein schmallippiges Maul,
die Goldbrille blitzt, das Teufelszeichen auch. Ich rieche den
Leibhaftigen, und wenn ich nicht sicher wäre, dass das Knistern von den Korsettstäbchen stammt, könnte man leichthin
vermeinen, dass da ein leises Höllenfeuer brutzle. Die meisten
Gäste sind Einheimische, die Hunde auch. Die Lammkoteletten

munden köstlich. Meine Zähne allerdings fühlen sich alsbald an wie eine Bruchsteinmauer, gefüllt mit kleinen Brillenschlangen.

Auf der Place de Forum Kaffee und Calvados. Ein zahnloser Jungmann streunt in den Strassen herum, mit blauem Gesicht in wässrigen Augen. Vor uns eine Schar deutscher Jungfrauen, kaum 14 Jahre alt, kurz beschürzt, annähernd verdorben, sehr laut, Schlangenbeine. Die Anima des Jakob liegt bereits im Bett, schnarcht, windet sich ächzend um die im Mondlicht wollüstig glitzernden Pilaster, schreitet zügig dem SAT 3 entgegen.

Im Gemäuer erwacht. Es regnet.

Das einzig Entscheidende: dem Augenblick auf den Schwanz zu stehen. Jakob verschwindet im Bad. Die Landkarte ist zerschlissen, trotzdem, bei Windstille lesbar.

Der Garagenbursche bestaunt die Gefährte. Unterwegs nach Nîmes, wo wir unter einem Arenenbogen parken. Raum ohne Türen, Kulmination der Kräfte, Abgründe auch. Jakob liest vor, aus dem Dumont. Kaffee vis-à-vis. Wir schieben die Vespas in den Jardin de la Fontaine, knirschender Kies. Streiche genussvoll über meinen rasierten Schädel, Jakob rüstet das Picknick. Knoblauch, Käse, Brot, viel Wasser. La Maison Carré. Es tröpfelt. Ich gebe Vollgas. Jakob schlittert in die Regenwände, hin zum Pont du Gard. Es strömt aus allen Kübeln. Die Regenhäute flattern segelgleich.»Indianer«, denkt der Lastwagenchauffeur, der uns krachend überholt. Auf dem Pont: ein fast perfekter Mord wäre möglich, mindestens nicht undenkbar. Den Hügel, an dem die Brücke klebt, hinaufgeklommen, links umrundet, durch Eibenbüsche und Unterholz. Überwältigend die Sicht, ich atme Knoblauchdämpfe. Es schüttet. Später in Strömen, als wir uns im Touristenkiosk über allerlei Ansichtskarten hermachen. Jakob kauft Andenken. Zurück in die Indianerhäute, Start nach Avignon, in die Arme von Francesco Petrarca. Es nieselt, schon wieder, immer noch. Umrunden mit Geknatter das päpstliche Exil, das die Gemüter zu allen Zeiten adrenalinisch zu verformen schien. Vor dem Bahnhof, rechts durch die Porte de la Republique: Hotel Cloître Saint Louis. Zimmer Nummer 123. Ein Pilgerhaus. Aus der Rezeption dröhnt schwüle Orgelmusik, hängt glockengleich im Vestibül. Die spitznasige Empfangsdame trägt einen resoluten Bubikopf und will unsere Vespas um jeden Preis in ein Parkhaus verbannen. Jakob zwinkert mit den Augen, verschwindet, taucht auf, deutet geheimnisvoll zum Klostergarten. Hinter einem weissen Vorhang findet sich ein Abstellplatz, ein Tabernakel quasi, die Vespas sind gerettet. Der Bubikopf kredenzt uns einen Riesenschirm, schwarz-weiss gefleckt.

Spaziergang durch Avignon. In der Rue Limas, ganz hinten links, eine Beiz gefunden, für den Abend einen Tisch reserviert. Platzregen. Irgendwo eine Schwulenbar; von der Tür leuchtets: »Strictement privé.« Ein Ausläufer des kirchenpolitischen Chaos, das hier einst zu herrschen pflegte. Auch eine Art Schisma: Penetration klerikaler Hinterteile.

07.00 Tagwache. Besuch der Papeterie (vive la papesse, vive le pape, vive toute la papeterie!). Der Papstpalast als steingewordener Machtmissbrauch. In der Nebenkirche Kerzen angezündet, beim heiligen Antonius. Im Hirschzimmer die Fresken bestaunt, die liebevoll bemalte Balkendecke aus dem 14. Jahrhundert und die, wird lauthals behauptet, originalgetreu

wiederhergestellten Bodenfliesen, welch reizvolle Zimmerde-
koration! Ob der Papst hier bisweilen zum Hirsch wurde und
auf dem sechsten Gebot herumtrampte, vermag selbst Jakob
nicht zu beantworten, wiewohl die Antwort doch längst gegeben sei. Heute stehen die Huren vor der Stadtmauer, aufgereiht
wie Perlen an einer grauen Strassenschnur. Existenzbegreifnis?
Oder: Die Erfahrung des Franz von Assisi, da er mit den Vögeln
sprach. Dass mir im Papstzimmer ausgerechnet der Marquis de
Sade begegnet, ist so abwegig nicht. Habe ihn nicht gelesen,
könnte mir aber vorstellen, dass bereits Petrarca solchen Affi-
nitäten unumwunden frenetisch zu frönen beliebte. Oder wäre
etwa der Herr de Sade, im Vergleich zur Papeterie, gar ein klit-
zekleines Eichhörnchen?

Zur Abbaye Saint Michel de Frigolet, wo Monika ehemals ihrer Zunge das feine Französisch lehrte. Im Hospiz eine
Literflasche Bier, dazu ein riesiges Käsesändwich. Ein dicker
Schwarzer mit Ordensschwester. Ihr Alter lässt sich nicht bestimmen. Immerhin: der Schwarze trägt Rolex. Wohl ein Missi-
onsbischof, vergleichbar der Oca in Onta, im eigenen Fett ein-
gelegte Fleischstücke der Gans mit Risibisi, gemeinhin serviert
nicht in Avignon, aber in Padova.

In Orange das Theater besichtigt. Das helle Gedröhne
meiner Vespa mutiert zu einem heiseren Gurgeln, mündet in
ein aufmüpfiges Geschnupfe, der Motor erstickt: Kerzenwech-
sel, in einer Autogarage.

Abgedampft, nach Montélimar. Kurz vorher die Abzweigung »Le Teil« genommen, zur N 86. Regnerische Sonne. Es ist
sieben Uhr. Ein Nachtquartier ist nicht in Sicht. Ich werde unruhig. Klammfingrig nervöse Konsultation des Michelin, finde

nichts. In Baix, dreiundzwanzig Kilometer vor Valence und ein-
undzwanzig Kilometer nach Montélimar, grüsst am Strassen-
rand ein Reklameschild: LE CARDINAL ET SA RESIDENCE,
das sich schnell als äusserst angenehme Unterkunft entpuppt.
Das Zimmer, immerhin eine Suite mit dem Namen »Ré-Mi«, ist
traumhaft. Das auf der umblühten Terrasse genossene Essen
auch. Jakob planscht in der erhöhten marmornen Badewanne
wie weiland Nero im Anblick des lichterloh brennenden Roms
– ein unerdolchter Marais – ein fragiles Plastikduschhäubchen
über den wilden Schopf gezogen. Napoleonische Zeiten. Fehlte nur, dass Rousseau – jetzt – vorbeiritte; Blick auf die Rhône,
nichts als Rhône. Die Wirtsleute sind nett. Ins Gästebuch schrei-
be ich: Potzgäu.

Nach Valence, durchs Isère-Tal. In Chambéry, zwei Biere
in der Fussgängerzone, links von uns eine 14-Jährige mit Rie-
senbrüsten, was bewiese, dass es auch noch anderes gäbe,
nebst Vespa, Wasser, Äpfeln und Grappasaft.

Aix-les-Bains, am Lac de Bourget. Brot, Käse, Wasser.
Annecy, Haute-Savoie, unbeschreiblich, gewaltig, die kühlen
Schätten, die fettig grünen Schrunden, inmitten von blumen-
übersäten Hügeln. Ich begreife den BERGER. Es glitzert der
See. Wir verirren uns, finden zurück, nach Yvoire, das Städtchen mit Silberturm und voller Zuckerbäckerei. Jakob vertilgt
zwei Zwiebeln. Blick zum Schloss, auch dieses in den Händen
eines Scheichs. Im ärmlichen, aber sauberen Hotel gebadet. In
die Beiz zum Apéro, wo ein Pied Noir sein Minderwertigkeits-
gefühl kompensiert; die Behauptung, tausend Sprachen zu
sprechen. Er schürzt das Gebiss, zeigt stark verkürztes Zahnfleisch, haucht dunkle Fäulnis. Wir verzehren Fleisch, das einem Voressen ähnelt. Dazu einen Saint Joseph von Chapeau-

tier. Neben uns verbreitet sich lauthals ein Ostschweizer Treuhänder, umringt von drei Bier gurgelnden Deutschen. Die Serviertochter trägt auf geschwollenen Beinen beissende Humorlosigkeit in der Gaststube umher. Ludwig Marcuse, Philosophie des Glücks.

Immerhin: die Nachtruhe in Yvoire ist unerhört, abgesehen von der Einflugschneise für die Jumbos, von denen ich um elf Uhr bereits den dritten protokolliere. Jakob sieht röchelnd fern. Ich entschlummere. Morgens Kuckuckrufe und bunter Vogelgesang. Fast hätte ich es vergessen, das Telefon mit meiner Frau, von Baix aus, diese Übung der Unkommunikation oder das Hochkommen der besonderen Übelkeit. Fingerabdrücke auf den Schenkeln von Monika. Auch eine Art Gefängnis, gerade so wie der Wurstsalat von letzthin. Antoinette erzählte vom ehemaligen Gerichtspräsidenten, der nun endgültig versorgt sei, in der Waldau oder so. Das Unvermögen, sich selbst zu haben, der Schnitt einer plötzlichen Pensionierung. Auch das ist eine Wahl. Die Autoritätsperson, die zum Nichts wird, welch tröstliche Vorstellung. Matto regiert. Und die Ware Welt.

Un petit ballon blanc.

Monika rief mich an, sie sei jetzt in Argentinien, schwanger, lebe mit ihrem Zuhälter zusammen. Abschiedsworte, für immer. Ob ich dabei etwas spürte? Einen Stich, sicher, in der Magengrube. Himmlisch, sie gevögelt zu haben, himmlisch, diese Säfte, Mädchenhonig, Mädchensüsse.

Was nun?

Später sei Jakob nicht mehr aufgetaucht, sagt Bruder Gotthard, der deutsche Boxmeister. Wie vom Erdboden verschwunden. Ob er vom Pont du Gare gesprungen oder definitiv

nach Argentinien abgehauen sei, wisse man nicht. Mit der Bot-
schaft halte er Kontakt. Er sprach leidlich spanisch, bemerkt
Klara, er wird sich schon durchschlagen.

Derweil fährt an der Tour de Suisse das Team Amarco
und Vita, gesponsert vom Vatikan. Der Kirchenaustritt ist mir
trotzdem noch nicht gelungen, der Tank der Vespa fasst vier
Liter, Super und Öl und hie und da Wasser. Auch eine Art Ein-
baum, das Faltboot aus Blech, darinnen ein Kanute, ich.

In St. Gingolph überprüfen uns die Zöllner mit grossem
Misstrauen. Ich denke an Rechtsanwalt Schintz, den von Max
Frisch, der regelrecht gefilzt wurde, bis auf die Socken und die
Unterhose, die Kravatte, blass blau und mit eingravierter Tul-
pe, wurde kurzum konfisziert. Immerhin: die Schuhsohlen
schneiden sie uns nicht auf.

Durch Evian, wo sie im Casino mit den Jetons um sich
werfen, als ob es um Hoffnung und nicht um Geld ginge. Ich
denke an die Petrodollariers am Genfersee und ihre sexuellen
Entgleisungen, derartig, dass selbst bestellte Frauen auf ihr
Geld verzichten. Schüsse ins Unterholz.

Über Martigny zur Furka, Göschenen, Altdorf, Flüelen,
mit dem Dampfschiff nach Brunnen, Seewen, Steinen, Arth-
Goldau und Zug einfach. Dazwischen Isleten, Bauen, Rütli,
Sandwiches und Bier. Das rotbackige Mädchen an der Tankstelle in Altdorf, gut und gern hundertzwanzig Kilo schwer,
hievt den Schlauch des Melangeurs in das Getänke. Na ja. Wir
verabschieden uns, bei laufendem Motor.

Ungefähr vier Grad südlich des Äquators giftet die Sonne gar heftig vom Himmel herab, ins Meer, das blau, hellblau, dunkelblau, dann grün, vor sich hin dräut, hie und da von Wind gepeitscht, mitunter gekräuselt. Klüglich eingerichtet, das alles, von unserem Herrgott. Was allerdings nicht verhindert, dass mein Hinterteil, Nase und Ohren zu knirschenden Salzheringen werden, Sand statt Haut und Strand, selbdritt. Prallvolle Natur, überall. Auch Frau Oberst, die Fischverächterin, ist in Kürze kreolenbraun, ihre Augen werden schwärzer, dünkt mich, und die Fusssohlen blinken weisser als sonst. Wir mutieren allmählich. Ohne allerdings das zu vollenden, was die schwarze Mehrheit sich insgeheim wünscht: den Vollzug des Umtauschs, endlich so zu werden wie diese fremden Weissen, unermesslich reich und satt, herablassend grüssend, Alkohol trinkend, immer wieder in unbekannte Fernen verschwindend, par Avion versteht sich, mindestens nach Mahé, wo sich die Vorstellungen allerdings ziemlich in die Quere kommen, vor allem im Umkreis des Präsidentenpalastes und dem knallharten Griff der Inselmafia. Aber selbst in solchen Kreisen wachsen die Palmen nicht in grosse Höhen, braucht man doch viel, sehr viel und bisweilen noch mehr Geld, um auch nur einmal Pariser Luft zu schnüffeln. Dass es auch sonst nicht einfach ist, merkt man spätestens in der Boeing 707 der Air Seychelles, wos plötzlich regnet und sich Frau Oberst des Wasserfalls, der ihr auf den Kopf plätschert – beim Anflug auf Mahé – kaum erwehren kann. Fahrig verstopft die Hostess die Ritzen mit Pampers: das Schicksal der Occasion. Ziemlicher Stuss: die Idee, dass alle Schwarzen bei uns leben möchten. Wahrscheinlich eine rassistische Einbildung oder der verflixte Glaube des katholischen Missionars, die einzig seligmachende Religion und Lebensanschauung, also auch die Syphilis, zu vertreten. Was hiervon blieb, ist die Missionarsstellung, die man heute, gelernt ist gelernt, selbst in Mahé praktiziert, auch im Präsidentenpalast, Reminiszenz auch an die portugiesische und französische Vergangenheit.

Mahé: eine vulkanische Berginsel, dicht und grün bewaldet, bewachsen, ehemals portugiesisch, Sklavenland, dann französisch, ab 1743 regiert vom Generalkontrolleur, Jean Moreau de Séchelles, weiland Finanzminister von Ludwig dem XV. Zwischen Norden und Süden zwei Strassen von Osten nach Westen. Rundherum Strände, dazwischen Viktoria, die Hauptstadt. Onkel Tom und Sklaventräume. Blaue und gelbe Blechhütten, leicht oxydiert dank tropischen Regengüssen, dazwischen der Gouvernörspalast aus dem 19. Jahrhundert, hie und da marxistische Parolen, was die Regierenden nicht daran hindert, die Touristen auszunehmen und voller Stolz auf das einzige Grossflugzeug ihrer Airline zu verweisen. Dass es auch dort regnet, stört sie nicht. Die Eingeborenen leben vom Nichts und den paar Hotels. Auf das Geldverdienen sind sie, so scheint es, nicht angewiesen, an jeder Ecke steht ein Bananenstrauch, Palmen mit Kokosnüssen blühen überall. Auch das Fischen sind sie gewohnt, und der vermeintliche Sozialismus mag wohl auch zu nähren.

Monsieur Didier, ein Mulatte mit vielen weissen und kreolischen Müttern im Blut, auch eine Prostituierte aus Marseille fehlt nicht, bestürmt, beleckt und umhechelt uns, wie einer, der gewohnt ist, seine eigene Grossmutter zu verkaufen, und vermietet uns einen Jeep. Ein Kriegsgewinnler und Spekulant mit Schmerbauch, Glitzeraugensäcken und verfetteten Ohrläppchen, dicke Trompetengoldketten um Hals und Handgelenk. Wieso Frau Konrad, die besserwisserische, kitzige KUONI-Hostess, mit ihm Krach hat, liegt auf der Hand: Es sind die Provisionen, die man sich gegenseitig abjagt.

In der ersten Woche fahren wir ziellos auf der Insel herum, immer darauf bedacht, keinen der vielen Eingeborenen, die an den Strassenrändern herumlungern, an- oder umzufahren. Linksverkehr. Zuweilen Tropenregen, unerhört, sofort, ungestüm. Schwälle, die in den Jeep und auf uns prasseln. Warme Duschen, gratis immerhin.

Tour nach Praslin (»Pralän«) und La Digue. Mit einem munteren Touristengrüppchen, Italiener, Österreicher, zwei Schweden. Die Südländer sind die lautesten, darunter zwei Tessiner. Ein fetter Wirt mit seiner nicht sonderlich mageren Freundin, zwei liebevolle Homos in den Fünfzigern. Der Wirt trägt dicke Brillengläser, über dem feisten Bauch zwei unansehnliche, spitzig rote Männerbrüste. Ansonsten besteht er aus einer riesigen Brandblase, was ihn nicht daran hindert, sich – auf der ganzen Fahrt nur mit einer knappen Badehose bekleidet –, bei jeder Gelegenheit in der Sonne zu räkeln und laut gähnend seine Brüstchen zu tätscheln. Ein Masochist? Ein Flagellant? Oder nur ein Matrose zur See, regrediert zu einem plumpen Säugling?

Die Italienerin, sie sitzt im Bus vor uns, hat knallgelbe Kunstblumen im Haar, die nämlichen auf den Schuhen, dazwischen ein hellgrün gerafftes, ziemlich verschwitztes Badekostüm, das Gesicht glänzend, nass. Ihr Mann, ein hohlwangiger Bronchitiker, mutmasslich Prokurist bei einer Mailänder Kartonfabrik, schnorrt ständig vom Essen, den Preisen und schwärmt von Mauritius, wo es doch so viel schöner, so viel billiger sei. Im Cocodemer-Wald fallen ihm fast die Augen aus dem Kopf. Die haarblumige Mailänderin kauft sich zwei Doppelkokosnüsse, geschlechtlich betrachtet wohl ein ungefähres Abbild ihrer selbst, Riesenpalmen ringsherum, dazwischen die Cocodepères, so gross, dass selbst ein Pfarrer errötend ins Schnaufen geriete.

Mit dem Bus zum Schiff, dann hinüber nach La Digue, dort auf einen Ochsenkarren, zusammen mit dem Österreicher, der in nur zwei Minuten alles aufzählt, was er ist, was er hat, was er weiss und was er tut. Neben ihm seine Frau, schweigend. Die Deutschen sind auch da, eine insgesamt fette Familie, Grossvater, Grossmutter, Schwiegersohn mit Doppelkinn und schwabbeliger Arischtochter (blond), mit verwöhntem, jetzt lauthals schreiendem Enkelkind. Auf der Fahrt kommt es zwischen den Deutschen und den Mailändern beinahe zum Handgemenge, weil irgendwer, nach einem kurzen Halt, irgendeinen anderen Platz einnimmt. Es bleibt bei bösen Schmähungen und giftigen Blicken, gottseidank sprechen sie nicht die gleiche Sprache.

Der Himmel brennt mindestens 45 Grad heiss auf unsere Köpfe herab, rundherum aufsässige Fliegen, die, als schwarze

Wolken, zwischen den Ochsenköpfen und uns hin und her schwirren. Der Besuch in einer Kokosdörrerei. Die reichlich unbedarften Touristen begaffen die Kreolinnen mit ihren durch und durch schmutzigen Fingernägeln, die tagein, tagaus nichts anderes tun, als Kokosnüsse zu zerquetschen. Besichtigung eines leeren Pflanzerhauses. Die Fremdenführerin erzählt nicht ohne Stolz, dass hier Emuanuelle 2 gedreht wurde, ansonsten jetzt aber der Präsident in diesem Haus seine Ferien zu verbringen pflege, wohl in Missionarsstellung.

Das Schiff bringt uns zurück nach Praslin. Im Bus gehts ab wie der Wind zum Flughafen. Der Schofför freut sich sichtlich und mit allerlei Häme, uns mit sämtlichen Strassenlöchern bekanntzumachen, ein Auf und Ab verschwitzter Körper, ich sehne mich nach einem Pferd. Sogar der schwule Wirt wird still, blinzelt wie eine Riesenschildkröte, die nach einem frischen Salatblatt schnappt. Sein Freund macht derweil, heftig durchgeschüttelt, ein Nickerchen und träumt von knackigen Hintern und einem einsamen Sandstrand.

Auch wir anderen sind mittlerweile verstummt, die Italiener ebenso wie die Schweizer. Der Schofför jagt den alten japanischen Bus durch die Cocodemer-Wälder, dass es kracht. Frau Oberst ist ein Auf und Ab wie eine Mittelmeerwelle, zwanzig Kilometer vor Cannes. Unvermittelt stoppt das Gefährt vor einem Colaladen. Wir werden hinausgehetzt, zum Konsum beordert. Vom Flughafen weit und breit keine Spur. Spätestens nach der forschen Wegfahrt hat jeder von uns gemerkt, dass es sich um einen Provisionshalt handelt. Das Wirtepaar vor uns ist wieder hellwach, sie turteln, und der tumbe Wirt tätschelt einmal mehr seine Hormontittchen. Auffallend sind die geschwollenen Fesseln, von ihm wie vom Freund. Das

Ergebnis ungezählter mit billigem Fusel durchzechter Nächte, die wohl nur mit röhrchenweise genossenem Saridon zum Tage wurden. Pfui. Jetzt reiben sie sich gegenseitig mit Sonnenöl ein, lächeln satt, zufrieden. Die Kopfblume der Dame aus Mailand ist inzwischen so straff auch nicht mehr, gerade wie ihre Halshaut, die, im Halbdunkel des Regenwaldes, gar böse Wellen schlägt. Wir rasen immer noch, der Schofför grinst, die Köpfe tanzen rhythmisch, und die leeren Flaschen aus dem Coladen kollern polternd über unsere Füsse. Vive les Seychelles. Nochmals Stopp. Immer noch kein Flughafen. Dafür ein drittklassiges Hotel, wo der Österreicher schnell aus seinen Hosen fährt und sich kurzerhand ins Wasser stürzt. Nicht lang. Sofort taucht er mit gekrauster Nase auf und schreit: »Es stinkt.« Seine Frau antwortet mit einer müden Handbewegung, die Augen glasig. Ein richtiger Rotarier. Die Italiener sind plötzlich wieder leutselig, riesige, farbige Cocktails vor sich. Abfahrt. Frau Oberst ruft: typisch italienisch, das, nachdem einer der Mailänder, wie zuhause, seine leere Blöterliflasche unbekümmert aus dem Auto wirft.

Die Boardingkarten auf dem Flugplatz sind aus dickem Plastik, vielleicht auch Schellack. Rote, grüne, blaue. Die Blauen kommen zuletzt an die Reihe. Endlich zwängen auch wir uns ins Flugzeug. Die zweimotorige Isländer dröhnt, drängt, drosselt und brüllt, rollt an, hebt ab, unter uns die Bläue, Türkis noch und noch. Und derart zartes, schwebendes Grün! Azzurro. Unvergesslich, diese Farben, anfangs Februar. Sapperlot. Neben mir hockt das Ehepaar mit der verwelkten Kopfblumenfrau. Er hat reichlich Mühe, sie zu beruhigen; sie ist bleich nach hinten gesunken, zerdrückt fahrig ihre Blume und bedeckt mit beiden Händen die schwarzen Augen. Er schnorrt wieder vom Essen, von den unsäglichen Preisen und vom Coral Beach Ho-

tel, das, jammert er, so schlecht sei. Der Mailänder hat Lange-
zeit nach dem Tussroc in Mauritius. Dabei müsste er ja bloss
hinunterblicken, auf das sich unendlich ausbreitende Aquama-
rin. Aber das wird er wahrscheinlich nie sehen. Dafür die wel-
ken, jetzt nahezu morschen Blumen, die den Hinterkopf seiner
Frau bekleben. Prosit Neujahr.

In Didiers Superschlitten, einer sozialistischen Stretchli-
musine, fahren wir zurück ins Hotel. Das Fisherman's Cove.
Gutes Essen, viel Fisch, schönes Zimmer »Skipjack«, ein Name,
den ich laufend vergesse, verdränge, Blick aufs Meer, umrahmt
von ungezählten Vögeln und Palmen, paradiesisch. Eines der
Zimmermädchen heisst Lucy und ist schwarz wie die Nacht.
Alle lächeln.

Wir gehen Schnorcheln. Zum Anse Royale. Schwimmen
in der Anse Intandance. Frau Oberst fährt wie eine Wilde durch
die Hügel, von Westen nach Osten und umgekehrt. Die Gänge
knallen wie Schüsse, beim Schalten. Stösse in den Rücken, in
die Lenden, ich bin gänzlich stummes Leiden.

In Viktoria liesse sich herrlich einkaufen. Die Schaufenster sind riesig, aber von gähnender Leere, sozialistisch. Dafür
spiegeln sich die Parolen im Glas: Vive la Revolution, Victoire
pour le Peuple, und der Präsident verfügt über einen unübersehbar dicken, kapitalistischen Arsch, mit dem sich das Kapital
von Marx herrlich breitdrücken liesse. Und auch das Kapital
aus dem Ostblock und das vom Vatikan, welche beide offensichtlich gar heftig miteinander wetteifern und dergestalt vom
Präsidentenarsch reichlich profitieren.

Das indizieren nicht nur die vielen Kirchen, sondern gleichermassen die ungezählten Schulen, wo wechselseitig gegen

den Strom geschwommen wird. Hie Gott, da Lenin, besser: Hie
viel Geld, da weniger Geld, aber beidseits Geld, und alles für
die Bahnhofstrasse in Zürich. Cartier für die Frau Präsidentin,
Rolex für den Herrn Präsidenten.

Letzter Tag in Mahé. Am Strand in Anse Royal schreit
Frau Oberst unvermittelt auf: WO IST UNSERE WEISSE TA-
SCHE? Gottseidank bin ich noch im Wasser, als Frau Oberst
schon längst an Land ist und wild und scheinbar ziemlich kopf-
los herumläuft, eruptiv Arme und Hände verwirft: Die Tasche
ist weg. Eine hämisch grinsende Eingeborene, nicht unelegant
gewandet, über dem hübschen Gesicht einen weissen, ge-
schwungenen Strohhut, deutet mit der (linken!) Hand auf ein
Regenwald-Gebüsch. Frau Oberst stürzt sich hinein und erscheint kurze Zeit später wieder mit der Tasche in der Hand.
Wütend, glucksend, nach Luft schnappend. Noch wütender,
mit Tränen in den Augen, als sie entdeckt, dass die Kamera
weg ist, einschliesslich unserer gesamten Barschaft von rund
vierhundert Franken. Diese Schweinehunde.

In halsbrecherischer Fahrt geht es zum nächsten Polizeiposten, wo uns bedeutet wird, dass man gerade hier für eine
Anzeige nicht zuständig sei. Der Polizist gähnt mir genüsslich
eine Knoblauchwolke ins Gesicht. Der nächste und angeblich
zuständige Posten liege etwa 30 Kilometer weit weg. Angesichts des bargeldlosen Zustands und des leeren Benzintanks
eine aussichtslose Sache. Ziemlich lehrerhaft klärt uns etwas
später Frau Konrad darüber auf, dass jeder Polizeiposten An-
zeigen anzunehmen hätte. Mit andern Worten: keiner ist zuständig. Frau Oberst bedenkt den Dieb mit einem herzhaften
Fluch. In der Avenue de Revolution – mutig, mutig liebe Brüder! – erstehen wir alsbald eine japanische Automatenkamera

zum Preis von in etwa dreihundert Franken. Wer den Diebstahl hat, hat die Qual. Abends gibts kreolisches Buffet. Der deutsche Herr, der einzige mit Kittel, und seine Gattin, beide zusammen gut dreihundert Kilo schwer, beladen ihre Teller, als ob das siebte Jahr zu Ende ginge: zwei germaneske Ferkelchen, an denen der Metzger Limacher, trotz steifem Hals, gar lange zu schlachten hätte (diese Blutwürste!).

Frau Oberst wiegt die Hüften zu den Melodien von GOING BACK TO THE SEYCHELLES. Ich vermisse auch jetzt noch – schmerzlich – eine russisch revolutionäre Version. Vor uns hockt, im Halbdunkel einer Kokospalme, ein ebenso unappetitlich anzusehender wie vermutlich hoher Regierungsbeamter. Ein weisses Käppi auf dem Kopf, Brille Modell 1950 (Ostblock), aufgeworfene Lippen unter hohlen Froschaugen, lässt er sich mit Seychellen-Bier voll laufen, den Blick klebrig auf die um ihn herumtanzenden Mulattinnen geheftet. Selbst die Gitarrensolisten bemühen sich, vorsorglich, mit eiligen Kratzfüssen und Spezialeinlagen zum Wohle Seiner Majestät. Gottseidank ist der Kerl bald so besoffen, dass er sich sabbernd davonschleicht.

Frau Oberst ist, was die Weinflasche angeht, auch nicht ganz von schlechten Eltern. Sie macht beweglich mit, ob den vielen Fischen auf meinem Teller allerdings mit leicht gekräuselter Stirn. Ich runde ab, mit Passionsfrucht, eingelegt in Rum, halte mich dann trotzdem tapfer aufrecht.

Am letzten Tag in Mahé kaufen wir die hier überall gebräuchlichen, nicht sonderlich praktischen Seifenablagemuscheln. Der Verkäufer hat sichtlich ein schlechtes Gewissen, seine Zugaben sind Sonderzahl. Anstatt zwei Muscheln trage ich schliesslich deren fünf und, als Zugabe, zwei riesige Korallen ins Skipjack. Lieber beschenkt als geprellt.

Dann wären da noch die gummigen und unerlässlichen Badeschuhe. Solche gibt es, weil wohl nicht sozialistisch genug, in Mahé praktisch nicht. Nach in etwa einstündiger Suche, kreolischem Radebrechen, zwei Regenschauern und einem vergeblichen Versuch, in der Nationalbank Geld zu wechseln, stosse ich auf ein Paar, das zumindest optisch passt. Schwarz und hoch elegant, aber eben – verteufelt eng. Immerhin entgehe ich damit später den Steinfischen, die somit vergeblich auf meine Fusssohlen warten.

Am Sonntag gehts ab nach der Isle DENIS. Wir lassen die Regenwälder und die schweren Wolken schnell zurück. Fliegen ins Blaue, über Meeresgekräusel, fünfundneunzig Kilometer nördlich von Mahé und vier Grad südlich vom Äquator. Familie Muller aus dem Elsass (Président Directeur Général), Vater und Sohn aus Rüschlikon, ein früh gealterter Erich Gysling und seine Freundin mit einem Umschwung sondergleichen, alle sind an Bord und staunen, dass wir oben bleiben. Der Flugkapitän ist ein Mulatte mit sicherem Blick für das Unwesentliche. Dennoch bringt er nach nur fünfundzwanzigminütigem Flug die Maschine auf der rund sechshundert Meter langen Rasenpiste (!) unmittelbar vor dem Pistenende ziemlich abrupt zum Stehen. Niemand klatscht. Die schwarze Gouvernante, hübsch berockt, reicht uns die Hand und teilt uns mit, dass die Herren beim Nachtessen lange Hosen zu tragen hätten. Aha.

DENIS: Zwei Dörfchen, das eine schmuck für die Touristen, das andere un-schmuck für die Eingeborenen, ansonsten

Koralleninsel mit unsäglich schönem Sandstrand, berieselt von durchsichtig hellen Wellen. Luft: in etwa dreissig Grad im Schatten (mindestens fünfundvierzig in der Sonne), Wasser: ungefähr siebenundzwanzig Grad und angenehm wie ein Bad im schönsten Bassin des Mullah von Oman, von den kleinen frechen Fischen abgesehen, die Frau Oberst derart auf die Nerven gehen und ihr so viel Furcht einflössen, dass wir stets die halbe Insel umwandern, bis sie sich endlich, mit aller Vorsicht und äusserst spitzen Zehen, ins Wasser traut.

Das Essen, weil viel Fisch, ist ausgezeichnet. Auch Frau Oberst kommt auf die Rechnung, gibt es doch, welch Wunder, täglich anderes Fleisch, Güggel, Spanferkel, Kalb und Lamm. Das Ragout in dunkelbrauner Sosse, das Frau Oberst mit süssem Blick – zunächst – verzehrt, entpuppt sich alsbald als Fisch, womit die Essensfreude, einstweilen, verflogen, ja verfischt wäre.

Das Doppelbett, quasi ein Himmelbett, über- und umspannt mit einem baldachinartigen Moskitonetz. Darüber ein Ungetüm von einem Ventilator, der vermutlich noch bei den Dreharbeiten zu Casablanca verwendet worden war. Immerhin: er dreht sich eifrig unregelmässig, hie und da ächzend, und fächelt uns lauter Hitzeschwälle ins Bett, während sieben Nächten.

LE PECHE AU GROS, das Hochseefischen, ist ein Erlebnis, über das sich mit dem WWF wohl kaum diskutieren liesse.

Im Commodore flitzen wir, Familie Muller, der Cheffischer, ein Lehrbub und ich, auf das offene Meer, zwei, drei Thunfische zwischen den Füssen, die uns als Köder dienen sollen. Vier Ruten sind aufgezogen. Zwei unmittelbar vor den beiden – äusserst bequemen – Drehstühlen am Heck, zwei weitere breitseits. Letztere werden in der Luft festgezurrt, indem der

Faden an weit ausholenden Stangen kurz hinter dem Bug bei-
geführt wird. Der Abstand zwischen den beiden äusseren Fäden beträgt in etwa zwanzig Meter. Gefischt wird mit Nylon,
drei Millimeter dick, berechnet für zweihundertfünfzig Kilo.
Die Köder, die jetzt der Chef en Peche an die Riesenhaken
hängt, sind rund dreissig Zentimeter lang. Und hoppla, kurz,
nachdem wir den Korallengürtel verlassen haben und in tiefe
See geraten, beisst es an, bei mir, huch. Ich rase in den Dreh-
stuhl, der Chef rast mit, reisst die Rute aus dem Loch und pflanzt
sie mir zielsicher zwischen die Beine. Ich ziehe und kurble,
kurble und ziehe mit äusserster Kraft und angefeuert von der
Familie Muller schliesslich einen wunderschönen und gut und
gern fünfzehnkilönigen Thunfisch ins Boot. Auch an den Fäden, die kurzerhand am Boot angebunden und mit Ködern aus
Gummitintenfischen versehen wurden, hats angebissen. Der
Chef ist nur noch Katze, Buschtier mit Muskeln und Schlitzau-
gen. Überall zappelts und wuselts, der Chef greift zum Schwengel und teilt Genickschläge aus, als sei er Chefdirigent der Ber-
liner Philharmoniker. Mittlerweile zieht und kurbelt auch Papa
Muller, das vom Sonnenschutzmittel schneeweiss geschminkte
Gesicht leicht verzerrt, wie ein Voodoopriester angesichts seiner in Trance geratenen Assistentinnen. Kurz darauf springt
der Chef gebuckelt und mit Enterhaken bewaffnet über Bord
auf die knappe Heckstiege und macht einem prächtigen KING-
FISH den Garaus. Heia.
   Da jault es laut an Backbord, die Rute rechts aussen pfeift
wie ein brodelnder Dampfkochtopf, gefüllt mit Kartoffeln und
Speck. Der Chef hetzt erneut herum, lässt den Schwengel fallen, stösst Frau Muller, die einen zappelnden Thunfisch zu beruhigen versucht, schroff beiseite, reisst das Gerät aus langem
Loch und schwingt es nach vorn, zwischen Papa Mullers Schenkel. Päng. Papa Muller, der fast die Cigarette verschluckt, greift

an, kurbelt und zieht, angefeuert durch die Besatzung, eine weitere Meerespracht an Bord. Der Schwengel klatscht und die Fischseele zerleuchtet ein für allemal über der Commodore. Heiss. Trotz Sonnendach ist die PECHE AU GROS so eine kühle Sache nicht. Das hindert den Chef allerdings nicht an der Arbeit. Schweisstropfend schneidet er einem Thunfisch kunstvoll das Bäuchlein weg, formt daraus einen Zweitfisch und näht mit blitzenden Augen einen Haken hinein, eine Prothese, die es buchstäblich in sich hat. Im Fischkasten – mir graut – tanzen die Leiber wie die Schwalben, der Chef begiesst sie genüsslich. Geschafft kurven wir an Land, Frau Oberst quietscht vor Angst. Dann fotografiert sie eilig die Beute und schnuppert noch Stunden später misstrauisch an meinen Händen herum.

Zum Nachtessen gibts den frisch gefangenen Königsfisch. Die schwarzen Serviertöchter eilen, aufrecht wie junge Birken, gazellenartig zwischen den Tischen herum. Die brauchen mit Bestimmtheit keinerlei Bioenergie. Höchstens hie und da, angesichts der Gastwünsche vielleicht. Gegenüber hat ein arabisches Doppelpaar Platz genommen. Eine Dame, kaum fünfundzwanzig, verfügt wohl über hundertvierzig Kilo Lebendgewicht. Ihr Partner ist älter und entsprechend schwerer, gottseidank. Der pensionierte Engländer im dunkelblauen Buschhemd mit den Nussmotiven (gelb!) bewegt sich ohne Unterlass zum Dessertbüffet, ein englischer Löwe auf der Pirsch. Die grazilen Assistentinnen des Chefs flöten immense »Bonjours« und »Bonappetits«, schwenken die Hüften wie Gogogirls an der Fifth Avenue und verströmen arabische Düfte. Der Chef hats gut, meint Herr Muller, der sich offenkundig nach einer Bouchaboucherrettung sehnt, nachdem er erfahren hat, dass eine der Damen unter anderem auch als Krankenschwester walte. Potzblitz. Hinter uns macht sich ein Berner

Baulöwe breit, mit dicker Cartieruhr und einer torpedomässi-
gen Davidoff im Kopf; seine Frau war vermutlich, vor vierzig
Jahren, eine Wander-Reklame, Ovo oder so, und ist jetzt sicherlich eine Frauenhilfsdienstlerin a.D.

Frau Oberst schletzt die Coups de Coeurs wie Wasser
herunter. Ich kriege jeweils nur noch die kandierten Kirschen.
Zum Essen trinken wir Muscadet, recht gut, zweimal Côte de
Provence, jeweils praktisch ungeniessbar. Und das Essen selber ist, bedenkt man den Indischen Ozean rundherum, sehr
gut. Auch für Fleischfresser (wäh).

Am letzten Tag mit Mullers zum Palangrotte. Frau Oberst
drückt sich wie gewohnt, wenns ums Fischen geht. Palangrotte, das ist eine Spule mit Nylon, am Ende ein Riesenhaken; alles wird, mit Ausnahme der Spule, ins Wasser geworfen, zuvorderst ein Riesenköder. Dann gehts schwuppdiwupp. Wir
fangen, zunächst, wie die Wilden. Wiederum zappelts überall.
Der Kapitän beschränkt sich aufs Ködersetzen und Angelent-
fernen, wobei er, wahrlich ein Saukerl, die Fische nicht etwa
tötet, sondern lebendig in den trockenen Fischkasten schmeisst.
Ein Erstickungstod sei ihm von Herzen gegönnt. Frau Oberst
fotografiert, mit verzogenem Mund, siebenundzwanzig grösse-
re und kleinere Tiere. Wir freuen uns auf das Nachtessen.

Am 14. Februar landet um 12.35 Uhr der Islander. Zehn
Minuten später starten wir. Unter uns das Meer, immens, vor
uns das Araberpaar, immens. Die schmale Sitzbank vermag die
Gattin nicht gänzlich zu schlucken, so dass rund vierzig Zentimeter Damenarschbacke arabischer Provenienz in den Flug-
zeuggang hinaus hängen. E l e g a n t. Und da sagt man noch,
Alkohol mache dick. Am Steuerknüppel sitzt der Mulattenka-
pitän. Er macht seine Sache, das sei neidlos gestanden, äus-

serst gut, und alsbald setzen wir sanft in Mahé auf. Die Haupt-
insel erscheint nun, nach dem unvergleichlichen Denis, erst
recht als ziemlicher Dreckhaufen. Ein Taxischofför, der zwar
nicht das Pulver, aber den Schweiss erfunden hat, holt uns ab.
Im vierten Gang kriecht er durchs Gebirge, auf die Ostseite der
Insel. Frau Oberst beklopft einigermassen nervös die Schenkel,
verdreht hinterrücks die Augen und rutscht auf der zersesse-
nen Japanerbank unruhig hin und her.

Im Sheraton. Zwar ist das Zimmer einigermassen akzep-
tabel. Das ist aber auch das Einzige. Das Bassin ist mies, der
Strand ist noch mieser (es stinkt kloakig), die Liegebetten star-
ren vor Dreck, wiewohl das Hotel angeblich erst vor drei Mo-
naten eröffnet wurde. Der Service ist so, als ob der Manager
hier vom Wirten noch nie etwas gehört hätte. Dazu Massenbe-
trieb wie auf einem Flughafen. Gott behüte, hier je wieder einmal einen Fuss hinzusetzen.

Dass die Ferien gleichwohl wundervoll waren, trotz diesem düsteren Ende, steht natürlich ausser Frage.

Nachtessen im Speisesaal des Sheraton. Purgatorium
und gleichsam Faszinosum erster Güte. Um halbsieben nehmen wir nicht sonderlich vergnügt und auch nicht übermütig
Platz an einem leidlich grossen Vierertisch. Ich bestelle einen
Entre-deux-mer, Wasser. Es herrscht Selbstbedienung. Also be-
dienen wir uns. Zunächst Salat, natürlich Thon aus der Büchse,
dann Fleisch, letzteres allerdings von bester Qualität und sehr
gut. Während wir kauen, mutiert der rosagrün gestrichene
Speisesaal unmerklich, aber bald und gewaltig. Er füllt sich.
Man steht an. Vorweg Italiener drängen an die Umtische. In
Gruppen oder einzeln. Schräg vis-à-vis von mir hockt eine ein-

same Kreolin mit weissen Socken und rosa Hochwasserhosen.
Rechts von uns, zunächst, ein undefinierbares Europäerehepaar, das, kaum haben wir die Vorspeise verzehrt, den zweiten Nachtisch herunterunterschletzt.

Der Vater haut dann noch eine Wasserflasche auf den Tisch. Und ab ins Bett, vollbäuchig. Man trinkt vorwiegend Bier. Oder Wasser. Am Eingang drängelt es sich zusehends. Rechts hocken unvermittelt vier Südländer, essen und essen und essen. Einer holt das Dessert, der andere Salat, Mama macht sich über den Schweinsbraten her. Man schweigt und frisst. Schneller gehts nimmer. Alles kaut, selbst die Füsse, die Hände, die Beine kauen. Die Kreolin ist einem grünbehemdten Junggesellen, aus Modena, gewichen. Der frisst wahrscheinlich nächstens noch das Tischtuch. Das Selbstbedienungsbuffet gleicht einem Bienenstock. Zumeist dickliche bis fette Endvierziger, ganz Europa ist vertreten. Eine Dame mit Paradiamantenepoletten balanciert zügig zwei überhäufte Teller an uns vorbei. Eine kleine Italienerin bringt ihrem Papa zum sechsten Mal Fruchtsalat. Zwei Putzfrauen aus Burgdorf greifen in die Vollen und tragen mindestens ein halbes Kilo Schinken an ihren Tisch. Die Italiener rechts von uns schwärmen erneut aus. Der Dickste von ihnen schlingt im Gehen. Er will nichts verpassen, vielleicht bleibt ja nichts mehr übrig.

Eine Dame in Weiss, so gegürtet, dass ihre Fettpolster stossstangenartig allseits hervorquellen, stellt herausfordernd die korsettierte Brust und stürzt sich zum dritten Mal auf die Vorspeisen. Ihr Mann ist auch nicht gerade dünn; er vertilgt, als Nachtisch, reichlich vier Karamelköpfli, zwei Schalen Fruchtsalat, und ein weiteres Bier ist bereits bestellt. Der Junggeselle im grünen Hemd, der aus Modena, kann nicht warten, er wuchtet den Dessertteller auf den halbvollen Fleischteller, löffelt gierig, ungestüm. Derweil drängen sich immer mehr Gäste am Haupteingang, wie die Möwen, flattern herum und haschen nach Tischen, werden weggejagt dort, wo bereits jemand sitzt, aber in der Zwischenzeit am Büffet die Teller füllt. Die Italiener rechts von uns haben mittlerweile drei Teller ausgeputzt und übereinander gelegt. Man kann doch nicht warten, bis die Servieren den alten weggeschnappt hätte. Mama beigt erneut Fruchtsalat. Die Hüften wanken bedrohlich, ihr Nylonkleid beginnt zu rauschen. Eine Dame mit derart enger Montur, dass ihr nur kleinste Schrittchen möglich sind, stemmt einen Riesenschweinsteller an einen voll besetzten Tisch. Alles mampft, dampft, eberlet, böckelet. Ums Büffet tanzt mittlerweile ein drei-, nein vierleibiger Kordon. Die Fresssüchtigen pressen ihre Teller ans Gesicht, an die Brust, teils halten sie das Geschirr wie abgeschlaffte Diskuswerfer um zwölf Uhr mittags in griechischer Sonne. Der grüne Junggeselle ist schon weg, die Latiner auch. Neue Fresser haben die Plätze eingenommen, schlagen zu. Ein Wunder, dass es einer Servieren gelingt, ein neues Tischtuch hinzufetzen. Päng. Teller da, Teller dort. Es schwitzt, es grunzt. K u l t u r. Der dritte Weltkrieg ist wirklich möglich.

Nur mit Mühe gelingt es den Köchen, die Töpfe neu zu füllen, den Kordon zu durchbrechen. Die Kiefer mahlen wie Maschinen, kein Wort, nur Schweiss und Scheisse. S wie Sheraton. En Guete.

Zu Ehrenrettung reichts allerdings nicht, gleichwohl darf nicht unerwähnt werden, dass Frau Oberst höchst erstaunt einen Griesauflauf am Sheratonschen Buffet entdeckt. Dieser sei ausgezeichnet, munde fürstlich und mildert dergestalt mindestens ein wenig die purgatorischen Eindrücke. Derweil füllen sich die Viererkolonnen wieder bedenklich auf, dem Mailänder vis-à-vis tropft der Schweiss ins Dessert.

Dann das Flugerlebnis ohne Ende. Am Montagmorgen trifft die Air Seychelles, Air Zerschell?, mit fünfstündiger Verspätung in Mahé ein. Ich trinke ein Bier, dazu ein Fischkräpfchen, nicht zur eitlen Freude von Frau Oberst. Unpünktlich besteigen wir, um 10.45 Uhr, durch den gesonderten Business-Eingang, den Flugapparat. Ich komme mir vor wie im Luzerner Verkehrshaus, nur dass dort das Flugzeug wohl um einiges besser instand wäre. Die nicht unhübschen Hostessen sind heillos überfordert, servieren anstatt Wasser Wein und umgekehrt oder auch gar nichts. Immerhin: zur Vorspeise reicht man uns Gänseleber, etwas glasig bräunlich, aber essbar. Hinter uns kreischen zwei Kinder ohne Unterlass. Sie kreischen auch noch in Tschedda, in Rom und bei der schweizerischen Passkontrolle. Im Kuoniprospekt steht: AIRBUS. Ein ganz böser Druckfehler. Vor allem angesichts der Riesenlöcher in den Triebwerken, die nur notdürftig vermacht sind und bei Frau Oberst zuweilen zittrige Hände und verzweifelt aufgerissene Augen bewirken. Mit den Regenschauern, die im Innern heruntergehen, hat sie immerhin, weil gewohnt, keinerlei besondere Probleme. Vor uns sitzt eine englische Dame mit patentierter Schlafausrüstung. Schuhschalen, hellblaue Augenmaske, schwarzgerändert, ein prallaufgeblasenes Gummischlauchgenick, vorne offen. Damit bestückt sie sich mindestens deren zehn Male, ohne dass offenbar die gewünschte Wirkung erzielt wird. Nach vierzehn Schnäpsen rutscht sie glückselig hinüber, schnarcht ohne Ausrüstung, ins Kindergekreisch. Die Hostess mit der fleckigen Bluse versiegelt während des Anflugs auf Tschedda fahrig die Alkoholika, und die Triebwerke rechts von uns wackeln gefährlich, wie die Brüste der Cocodemer. Wir singen im Chor: »Going Back to the Scyscheeeells.«

Es ist 11.05 Uhr, Freitag, 17. Februar. Wir starten. Jakob
trägt die blauen Schuhe. Eine Dame, sie sei Frau Meier-Sattel-
mann, grüsst uns herzlich in ihrem Nerzpfotenschwanzmantel.
Das hindert uns nicht, in Basel, wo nun endlich die Sonne
scheint, vor dem Zoll anzustehen. Es ist ein Puff. Wir fahren der
Ciba-Geigy entlang. Ein kurzer Halt vor der Vivisektionsabtei-
lung; eifrig eilen die Chemiker in blutbefleckten Mänteln vor
uns und an uns vorbei, mit, wie Jakob bemerkt, den Einheits-
mäppchen unter den Armen, darin die Zauberformeln. Wir frie-
ren fürchterlich an die Ohren, als wir die Autobahn verlassen
und auf einem schmutzigen Pannenstreifen zwei Schlücke
Dézaley schlürfen. Mit dem Selbstauslöser mache ich ein Foto.
Da der Wind immer stärker und kälter wird, steigen wir blitz-
schnell ins Auto. Der Verkehr ist mässig. Bei der Péage auf der
A 36 zeigt die grossbrüstige Kassiererin ein säuerliches Lächeln und teilt uns mit, dass gestreikt werde. »Spätestens in
Dôle müssen Sie die Strasse verlassen.« Jakob und ich blicken
uns indigniert an: »Was, Streik?« Aber Frankreich hat ja be-
kanntlich auch Vorteile: Der Himmel ist blau, wirklich blau, die

Landschaft riesig, weitet sich unendlich aus. Ein leichter Dunst
nimmt uns, zuweilen, den Blick für das Wesentliche. In der Tat
treffen wir kurz vor Dôle auf eine Polizeistreife, die weder
Mann noch Maus weiter lässt; ein Blick auf die Stiefel des Polizisten genügt. Über die Landstrasse gehts weiter nach Beaune.
Die Gegend ländlich, baumbestanden, französisch, romantisch
und fast unwirklich, schwebend. Jakob pilotiert den Alfa,
bringt ihn zum Röhren und überholt zuweilen waghalsigst, was
hier niemanden zu kümmern scheint. Ich schalte ihm dafür jeweils ziemlich spontan herunter, was eminent hilft. Winter in
Beaune. Das Licht gleisst, hier möchte ich wahrlich eine Rebe
sein. Am Hauptplatz, in einer Brasserie, gibts Schinken, gekocht, der ausgezeichnet schmeckt. Dazu ein paar Biere und
Kaffee. Dann kaufen wir Marc de Bourgogne, angeblich 24
Jahre alt, so mindestens stehts auf dem Etikett. Der Händler hat
auch einen Echezaux, allerdings zum Stückpreis von zweihun-
dert Franken. Ich verzichte und wähle einen Topf Senf und eine
Konfitüre. Beides sieht lecker aus. Auf der Autobahn stehen die
Lastwagen zu Tausenden, blockieren nach hinten und vorn.
Glücklich jene, die sich, wie wir, auf Nebenstrassen bewegen.
Wir malen uns aus, wie wir zu Fuss nach Beaune gehen, rund
40 Kilometer weit. Jakob erinnert tröstend an die Flasche Dézaley im Kofferraum, die wohl übers Erste hinweggeholfen hätte. Dann sind da noch die Rettungshelikopter, die bestimmt
auch etwas Alkohol an Bord hätten. Es ist saukalt. Wir fahren
nach Chagny, die Landstrassen sind leergefegt. Am dösenden
Pommard vorbei, durch die Rebberge von Meursault. Vor unseren inneren Ohren hören wir ein leises »Plopp«. Das Herz lacht.
In Chagny werden wir doch noch drangsaliert, von zwanzig
oder dreissig Lastwagen, die offensichtlich von der Blockade
kommen. Immerhin sind wir beruhigend nah bei unserem
Tisch. Feist lächelnd empfängt uns die Rezeptionistin im »La-

meloise«. Das Zimmermädchen, das ich noch von Weihnachten
her kenne, klaubt die Koffer auf und eilt vor uns her ins Zimmer
Nummer 16. Das Trinkgeld verdankt sie überschwänglich. Jakob packt sofort seine neuen, rostroten Schuhe aus, die einiges
an Schwierigkeiten verheissen. Ich denke da an die Spanntep-
piche und die blitzblanken Sohlen. Derweil verteile ich die Kissen, wir verfügen tatsächlich über zwei Betten. Darüber das
Bild einer leicht schwülstigen Dame, die artig ihre Brüste in die
Zimmermitte hängt, den rechten Arm leicht erhoben, streckt
sie den Handrücken einem lauen Frühlingswind entgegen. Gegenüber den Betten ein zierlicher Spiegel, kaum der Rede wert.
Der Teppich ist gemustert und erinnert mich unvermittelt an
die dunkel dräuende, oft mit stechendem Kopfweh und vielerlei Sorgengerüchen angereicherte Kemenate meiner Mutter.
Auch das Mobiliar könnte von Kunstschreiner Furrer aus Luzern stammen. Immerhin weist es eine, wenn auch ziemlich
künstliche Rebholztönung auf, was gemeinhin beruhigend wir-
ke. Im Badezimmer entdecke ich einen Beutel mit der Aufschrift »Für die periodischen Garnituren«, was mich veranlasst,
den Beutel Herrn Lehrer zu übergeben zwecks Aushändigung
an seine Gattin, man weiss ja nie. Dann ist da noch diese so
kapriziöse Duschhaube, eine Kappe, die Kaiser Wilhelm wohl
vorzüglich angestanden hätte. Um sechs Uhr Stadtspaziergang.
An einem Dessous-Geschäft vorbei, ein schlagender Beweis,
dass selbst hier die Damen Delikates tragen. Jakob bemerkt:
»Es wird wieder gestrapst hinter den Misthaufen!« Dann vorbei
an der Metzgerei, wo sie, wie üblich, umgeben von waberndem
Blutgeruch, die Muniseckel ausgestellt haben. Ob Toni sich
noch erinnert? Jakob wirft ein: Le municipal oder der Muni, so
bleich, quasi ein abgesackter, weil nicht wiedergewählter Bür-
germeister? Wir umstiefeln aufgeräumt und gut gelaunt das
Dörfchen, blicken hier und dort in weitere, unergründlich kun-

terbunt drapierte Auslagen und bewundern überhaupt, was für Abgründe sich in einer Provinzstadt gemeinhin so auftun. Unter anderem entdeckt Jakob einen Frisörsalon aus dem letzten Jahrhundert, der hinreissend ausgestattet ist, mit Marmorbecken, Marmorfrisierkonsolen, Marmorrasierutensilien und, mutmasslich, eingelassenen und wohl vor mehr als hundert Jahren aus Paris importierten Emailbecken. Alles starrt vor Schmutz, ist reichlich fleckig, der Tribut an Millionen betörender Frisuren und abgeschabter Bärte.

Die Rossmetzgerei ist in einem feierlichen Braunton gehalten mit rosarot gesprenkeltem Ladentisch. Mit Ausnahme einiger vertrockneter Würste ist irgendwelches Fleisch indes nicht auszumachen. Die Ehrfurcht vor dem Tier? In der Bar vis-à-vis vom »Lameloise« kredenzt uns die schon etwas schüttere und überaus blonde Wirtin einen Pastis. Die Rebstocklampen sind immer noch da, auch die Rebstockhutständer, die Rebstockflaschenhalter und die Rebstockzapfenzieher. Nur der Wirt, so möchte man sagen, ist wahrlich kein Rebstock. Er ist ein Rebsack, und listig blinken seine vom Achtzigprozentigen geschwächten Äuglein in den Gastraum hinein. Die ergreifend blumengemusterten Tapeten sind nüchtern kaum zu ertragen. Der Pastis kostet, umgerechnet, einen guten Schweizerfranken. Nach etwa vier Franken nehmen wir, um 19.05 Uhr, im »Lameloise« Platz und atmen vor dem Cheminée Birkenholzgeruch. Der Kellner serviert appetitanregende, mit Käse und gedörrtem Blumenkohl gespickte Zahnstocher, dazu eine ausgezeichnete Mayonnaise. Überdies schwarze Oliven, flankiert von zwei Schinkenbrötchen. Der Champagner ist köstlich. Kurz darauf eilt der Chef de Service herbei und verteilt die Speisekarten. Wir quälen uns durch die Auswahl. Jakob bestellt: Taubenterrine zur Vorspeise und Gänseleberschnitten zum Hauptgang. Auch ich wähle Schnitten, entscheide mich aber für Austern (Belons 000!) zur Vorspeise. Getränke: Champagner Lameloise und einen Echezaux 1976 für nachher. Zu den escalopes gibt es selbstredend die feinsten und frischesten Trüffel, mit denen ich allerdings so viel nicht anzufangen weiss. Für mich ist es eher ein hartes, undefinierbares, unter den Zähnen leicht knirschendes, im Ganzen durchaus vegetarisch und charakterlos wirkendes Dutzendgewächs. Alles in allem aber ein gastronomischer Kick down. Gleichermassen der Blanc de turbot meunière à la marmelade de fenouil, und nicht zu vergessen die Sifflets de filet de sole à la poudre d'amandes (nicht: de madame). Vier Kellner umschwirren uns, höchst elegant, teils etwas aufdringlich, die Einschänkerei hört eigentlich gar nicht auf. Süsse Burschen. Später noch ein Glas Champagner. Guezlis und Trüff und Schokolädli, hausgemacht. Armagnac 1918, Kriegsende.

Samstag. Wir stehen in Vézelay. Inmitten der Kirchenanlage. Die ehemalige Benediktinerabtei ist verkommen, die Kathedrale leer und ruinös, ein Steinhaufen, mit Trümmern und eisiger Kälte angefüllt, als ob ein Bildersturm durch die hohen, gähnend leeren Fenster gepfiffen wäre. Ich trage die von mir entwendete, will sagen, vom Boden geklaubte Eva von Giselbert, fürs Cheminée. Sie wiegt gut und gern fünf Kilo und schürft empfindlich in meine klammen Hände. Der Blick ins Land ist einmalig, seltsam, bizarr. Die Finken hüpfen pfeifend durch entlaubte Bäume. Wir stehen vor einem Tor mit der Aufschrift »Chien mechant«. Ich habe Durst. Der Himmel ist Stahlblau. Es riecht nach Holzfeuer. Die nächste Bar ist bedauerlicherweise anderthalb Kilometer entfernt. Jakob registriert: »Sofort sogleich wie Heinrich Speich springe ich in diesen Teich. Und rette meinen Schweif.« Bliebe nachzutragen, dass

wir in der mittelalterlichen Landbeiz, im Anschluss an den aus-
gezeichneten Käse, nicht nur einen ebenso hervorragenden
Kaffee serviert bekamen, sondern, nebst einem Whisky, der
von Jakob ungehemmt schlürfend goutiert wurde, einen Armagnac 1932. Dieser ist wahrlich einem Champagnereinlauf nicht
unähnlich. Angewärmt verlassen wir die Wirtsstube. Ich klem-
me die Eva unter den Arm, die zusehends schwerer wird. Die
Kälte schiesst uns in die Knochen. In einer kleinen Bar, unten
im Dorfkern, wo die Katzen auf den Tischen liegen, trinkt somit
Jakob sein drittes Bier, ich einen petit balon, der wirklich petit
ist. Nebenan wärmen sie ein Säuglingsgetränk. Derweil
schnuppert der Wirtshund an den Gästen herum, vor allem an
den Damen. Wir verzichten deshalb auf ein Sandwich. Auf der
Rückfahrt, vor Avalon, entdecken wir eine weitere Bar, rechter
Hand. Es ist gemütlich und kalt. Die Bestellung umfasst: wiederum ein Bier (der Jakob ist süchtig), ein grosses Glas
Weisswein sowie zwei Salamibröter. Das eine dieser Bröter fällt
dem Wirt wie ein totgeschossener Vogel aus dem Teller, leider
bereits in der Gaststube. Er klaubt das Brot auf, entschwindet
in die Küche, dreht dort eine Ehrenrunde und bringt das nämliche Brot zu unserem Tisch. Was uns wenig stört; die Wurst
schmeckt bestens. Offensichtlich haben sie hier ein mundge-
rechtes Bodenmittel: Durch Erfahrung wird man klug. Dann
gezahlt und auf die Strasse. Fünfzig Meter zurück, in den dortigen Antiquitätenladen, der, gottseidank, geschlossen hat. Wir
fahren weiter, Richtung Solieu. Zu notieren wäre, dass der An-
fahrtsweg um etwelches reizvoller war, durch das Vallée du
Cousin, eine wahrhafte Renoir-Landschaft, verträumt und
scheinbar unberührt. Der Cousin, ein Fluss, schlängelt sich bizarr durch den Talboden, gurgelt charmant in den verträumten
Birkenhainen dahin. Hie und da ein Brücklein, akkurat platziert, von Ufer zu Ufer gezogen. In Avalon mache ich ein wei-

teres Antiquitätengeschäft aus; Jakob tritt auf die Bremse. Leider ist niemand da (»Bin in zehn Minuten zurück«), weshalb wir uns zu einem Kaffeehalt entschliessen. Endlich, nach einem prallvollen akademischen Viertel von rund einer Stunde erscheint die nicht unadrette Ladenbesitzerin und schliesst auf. Die Beute: ein ergötzliches Cheminéegeschirr mit Messingknöpfen, dazu eine Holzzange, zwar etwas verrostet, aber höchst ergonomisch. In Beaune eine weitere Jause. Jakob offeriert vier Glas Champagner, der Krösus. Zuvor kaufe ich eine Flasche des unaussprechlichen Parfüms, dessen Name ich manisch vergesse. Zu uns gesellt sich der Kellermeister vom »Lameloise« (Sommelier de France!), mit dem wir intensiv radebrechen, wobei ich mich vor allem auf ein Oui-Sagen beschränke, da ich höchstens zehn Prozent verstehe. Aber ein heftiges Kopfnicken ist alleweil auch eine Antwort. Auf weitere Einkäufe verzichten wir, und in Chagny beginnt bereits das grosse Rüsten. Lustig räuchelt es aus dem Küchenkamin, wiewohl Jakob hofft, es handle sich um die Zimmerheizung, die mehr als defizitär ist. Ich für meinen Geschmack ziehe ein heisses Essen einem kalten Bett jederzeit vor.

Dann gehts los. Zunächst mit Champagner, den kleinen Amüs Busch, den Käse-Blumenkohl-Zahnstochern, getunkt in herrliche Mayonnaise. Das ändert, leider, nichts daran, dass der Jakob anderntags mindestens auf einer Strecke von zwanzig Kilometern mit angezogener Handbremse (dass ich nicht lache) fährt. Die Schneckenbrötchen haben es in sich. So kleine Mödelchen, mit Sosse übergossen, und zuletzt kommt die Schnecke hinein. Der Kellermeister ist äusserst aufgeräumt. Er nimmt zur Kenntnis, dass wir zur Vorspeise eine Foie Gras au Naturel (mmmmmh) und zur Hauptspeise ein Poulet de Bresse bestellt haben. Letzteres allerdings erfreut ihn nicht, da der von ihm ausgelesene Rotwein, so meint er, nun doch etwas zu stark sei für Pouletfleisch. Trotzdem beharren wir auf seiner Empfehlung. Also wird uns kredenzt: zur Vorspeise ein Bertrant-Montrachet, 1979, zum Hauptgang ein Grand Echezaux, 1976. Die Gänseleber ist umwerfend, nicht anders der Weisswein, der mir abrupt nicht nur in die Knochen, sondern auch ins Hirn fährt, sodass ich zwischen Vor- und Hauptspeise zu zwei Alka-Seltzern genötigt werde. Das Gefühl, dass einem plötzlich drei Zentimeter vom Stuhl abgesägt werden oder anders: beispielsweise der Notfallarzt mir in der Aufregung fälschlicherweise nicht das Blut nimmt, sondern einen halben Liter Gehirnflüssigkeit absaugt. Schüsse ins Unterholz. Aber das Alka-Seltzer bodigt die Levitation gründlichst, und der Grand Echezaux kommt mir gerade gelegen. Das Poulet de Bresse ist schlicht ein Fest. Man spürt förmlich die freie Landluft und die vielen fetten Würmer, die dieses Huhn geniessen durfte. Angesichts meiner etwas delikaten Verfassung verzichte ich heute auf den obligaten Armagnac 1918. Stattdessen trinke ich zwei Liter Vichy, nebst vier oder fünf Kaffees. Selbstredend kommen dann auch noch die herrlichen Schokoladentrüff zum Zuge. Jakob hingegen kann es nicht lassen. Er nimmt diverse Whiskys zu sich, und lächelt derart maliziös, dass man meinen könnte, er sei immer noch nüchtern. Während sich später zwei nicht sonderlich vertrauenserweckende Damen zu uns ans Cheminée setzen, schüre ich die Glut, füttere das Feuer, Rebenholz. Die Damen, stellt sich beruhigend heraus, sprechen Englisch, will sagen eine spricht, die andere hustet. Ich schliesse auf offene Tuberkulose. Alles in allem: eine Atmosphäre, zählt man meine Alka-Seltzer dazu, nahezu Zauberberg. Um zwei Uhr morgens wird diskret um uns herum das Licht gelöscht. Während Jakob die Zähne putzt, entschlummere ich friedlich, eine Wolke von Grand Echezaux und Montrachet über dem Bett, abgerundet von einem Parfüm aus Gänseleber und undefinierbaren Friandises. Mir träumt:

Deine Länder
zu begehen –
im Flügelschlag
und Abendtau
fliege fliege
Flüstertraum
in deinen blauen
Wolkenraum

Sonntag. Jakob notiert auf die letzte Ansichtskarte: »Das Burgund bringt einen auf den Hund, unsere Mäuler sind ganz wund.« Ich stimme zu, lehne zurück, blinzle in die weisse Burgunder Sonne, Vivaldi in den Ohren.

Ich nehme es vorweg: Die Heilfastenklinik Buchinger in Überlingen ist eine kongeniale Erfindung und Einrichtung, ein ausgetüfteltes Verzichtssystem, das von vielen engagierten Betreuern und Betreuerinnen täglich aufs Angenehmste belebt und so von mir erlebt, ja erleibt wird.

Dies allerdings wusste ich, bei meiner Hinreise, noch nicht.

Erster Tag

Winterthur, Kreuzlingen, Konstanz, am See, ich drücke 94,5 Lebendgewicht ins Polster. Die Fähre nach Meersburg, EURO 9.50. Erstmals erhalte ich Münzen,»Cents« sagt der deutsche Fährmann. Anglizismen auch hier also. Da lobe ich mir unseren Schweizer Rappen. Von Meersburg nach links abgeschwenkt. Mulmig ist mir schon etwas. Überlingen, Kurstadt mit unzähligen Kreiseln, Dreissigkilometer-Begrenzung. Die Leute bewegen sich gemächlich, wahrscheinlich fastend. Längeres Hin- und Herfahren, ohne zunächst fündig zu werden.

Eine alte Dame mit rosa Pudeli, die ich nach dem Weg frage, sagt: »Sie sehen ja aus wie mein Doktor.« Dann weist sie mich (zur Strafe?) in die falsche Richtung. Schliesslich finde ich sie dann doch noch, die »Klinik« (ich assoziiere: Zahn- oder Tierspital).

Freundlicher Empfang, freundlicher Hausbursche, der flugs mein Gepäck behändigt. Später begrüsst mich Oberschwester Irmgard, altdeutsches (oder hochdeutsches?) und dennoch polyglottes Modell, ehemals blond, blauäugig, lazarettgedient. Schwester Irmgard lächelt, springt voraus, wie ein junger Hund, energetisch aufgeladen. Sie weist mit dem Zeigefinger auf das »Haus der Stille«, das so heisse, weil hier damals Vater Buchinger gehaust habe. Personenkult, der dazugehöre, der Übervater, dem man sklavisch folge und dessen Sitten niemals stürben. Gott sei Dank, erweist sich alsbald, ist dem so nicht. Schwester Irmgard eilt weiter, deutet auf ein modernes Glasgebäude; »da sind wir«. Villa Belgrano, doch ansprechend. Zimmer Nr. 632. Gross, hell, Terrasse mit Blick auf den Bodensee, das Bett mittelalterlich erhöht, im Marmorbad, zentral, ein Closomat. Immerhin. Schwester Brigitta stösst zu uns und zeigt mir verschwörerisch, wo das Klinikgelände zu Ende geht: die Grenze zwischen Nichtrauchen und Rauchen. Sogar einen Stein gibts, um die Hintertür geöffnet zu blockieren.

Lesen, Duschen, Wochenprogramme studieren, drei Informationsordner durchstöbern. Die Mulmigkeit schwindet nicht zur Gänze, aber immerhin grösstenteils.

18.30. »Nachtessen.« Schlichter Speisesaal, die Serviettenkuverts sind bereits angeschrieben, auf meinem steht unübersehbar »Obst«. Das wäre dann für morgen. Es gibt ein Salätchen, etwas Quark und – schon wieder Anglizismen! – ein »Dressing«, ziemlich undefinierbar, grünlich schimmernd. Dazu

Früchtetee oder Malzkaffee, ich denke an Hopfen und Malz. An meinem Tisch drei Damen, die eine von ihnen recht schwächlich anzusehen, was nicht wundert, erzählt sie doch, bereits zum fünfzehnten Mal hier zu sein. Neben mir sitzt eine bayerische Walküre, ziemlich stark ausgebaut, mit unerhört auskragendem Hinterteil, zumal sie auch eben erst angekommen sei.

Vor dem Hauptgebäude – ausserhalb des Geländes – eine wüste Raucherei, ein Kippenteppich als Folge, was indes die dicken Araber, die dies vor allem verursachen, keineswegs zu stören scheint. Dick bedeutet ja auch nicht ohne weiteres anständig.

Im »Belgrano« entzapfe ich den zweiten Liter »Landegger Ottilienquelle«. Es ist dunkel. Schwester Brigitta wünscht eine gute Nacht und bittet mich, ja den Wägetermin von morgen früh nicht zu vergessen.

Zweiter Tag

08.00. Schwester Brigitta hetzt mich auf die Waage. 93,6 Kilo. Sie runzelt die Stirn beim Blutdruckmessen. 170 auf 95. Scheint etwas hoch. Dann: Obst. Man grüsst sich freundlich im Speisesaal. Mutig probiere ich den Malzkaffee. Der Geschmack undefinierbar, die Farbe trügerisch. Die Dame aus Bayern beklagt sich über die Hotelbetten, die überall und ausnahmslos schlecht seien. Da lobe sie ihr heimisches Wasserbett, ein Schlafwunder an sich. Die Frage, ob sie nicht Angst hätte, plötzlich zu ertrinken, verneint sie apodiktisch.

Vor dem Klinikgelände ein Amerikaner, rauchend. Nichtraucherisch hämisch frage ich ihn: »Schmeckts?« »Ja. Er sei schon eine ganze Woche da.« Wie es ihm denn ginge? »Das werden Sie schon noch sehen.« Eine Drohung?

10.00. Klinikbesichtigung. Zuvor: Ottilienquelle, eine Zigarette (hinter dem Hause).

11.00. Frau Dr. Hebisch (kurzer Arzttermin). Sie verschreibt: Magnesium gegen den zu hohen Blutdruck, autogenes Training, Fitnessgymnastik und eine tägliche Wanderung. Dr. Hebisch trägt indische Tücher, um den Hals gewickelt, unten Joggingschuhe, darüber eng anliegende und mit einer Art Tigermuster bedruckte Kunststoffhosen. Sie redet vom Nichtrauchen und dass ich doch gefordert wäre, mit Frau und jungem Sohn, der sicherlich bald auf die Bäume wolle. Vor dem Wartezimmer die Dame aus Bayern, hustend (ja, das Rauchen).

11.30. Ananas, eine Orange und Papaya, eine Frucht, die eigentlich eingelegt in Rum weit besser schmeckt.

12.30. Bettruhe. Nehme ein »DU« zur Hand. Entschlafe.

15.30. Gang nach Überlingen. Volk auf allen Strassen, Sonntagsspaziergänger, aufgeräumt, angesäuselt.

16.30. Blick vom Zimmer auf den Bodensee. Kopfweh. Ich denke an die Dame von vis-à-vis, beim Mittagessen, eine Achthundertkalorienpatientin, stark schielend, nahezu hinterhältig, weil fast nicht zu fokussieren. Ich lese die Einladung zum »Begrüssungscocktail«, ein Wort, das in diesem Hause ziemlich sadistisch klingt.

18.30. »Nachtessen.« Ein Träubchen, ein wenig Papaya, eine Birne. Dazu: Zitronentee. Die Walküre entpuppt sich als Anhängerin der Nullpromille-Lösung. Die nette Dame von gegenüber, die Schielende, wirft ein, auch schon mal während

der Kur einen Schoppen zur Brust genommen zu haben. Sie
stösst auf Unverstand und ein einstimmiges »Ach, wie pein-
lich«. Das Einzige, was sie entlastet, ist der Umstand, dass sie
eine Tunnelphobie hat und deswegen viele Male viele Umwe-
ge auf sich nimmt. Die Serviertochter balanciert mit einer Kerze durch den Raum, zu einem Tisch mit Fastenbrechern, die in
der Tat recht aufgeräumt erscheinen, der Dinge aus der Küche
harrend.

20.00. Bettgang. Überlingen liegt im Dunkeln, auch unser Schwimmbad. Durchgehend aufgeheizt, dreissig Grad
warm. Morgen beginnt das Fasten. Aha.

Dritter Tag
06.30. Der Wecker schreit. Kein Hunger, nur Durst. 92,6
Kilo, Blutdruck 150 auf 85. Schwester Brigitta empfiehlt das
Glaubersalz alsbald zu nehmen. »Dann haben Sie die erste
Fuhre schon mal durch.«

07.20. Blutentnahme. Die Schwester findet die Vene, als
Profi, problemlos und muss nicht, wie die Dame bei meinem
Hausarzt, erst 10 Minuten herumstochern.

07.30. »Bitte ein Bit!« Schwester Brigitta lacht verständ-
nisvoll. »Ich bringe Ihnen das Champagnerfrühstück aufs Zimmer.« Dann kommts. Ein halber Liter wässrig-salzige, durchsichtige Brühe. Schierlingsbecher nach Buchinger. Beim Baden
im Mittelmeer ist es nicht anders, flüstert das Alter Ego, also
hopp, hopp. Nur trinkt man das Meerwasser in aller Regel in
Schlückchen, die man schnellstens herauspustet, also nicht
gleich literweise. Tröstlich: Es gibt zitronierten Orangensaft,

das mildert den Salzgeruch und ergibt eine Art »Omnibus«, eine beliebte Mischung meiner Mutter aus Himbeersirup und Kirschwasser. Nach drei Dezilitern Schierlingsbecher spüre ich das Salz bereits in den Augen und unter den Haarwurzeln. Rest weg! Das Zahnfleisch jedenfalls ist gesäubert. Das Oszillieren des Darms beginnt eine knappe Stunde später. Zunächst leise, dann stärker, ein Dampfer beim Ausfahren. Schliesslich nur noch Vesuv. Und dies für immerhin mehr als eine Stunde. Der Closomat entpuppt sich als kongeniales Instrument, agiert als Feuerwehr und faucht und spritzt, von Zeit zu Zeit, aus allen Rohren. Hie und da auf dem Bett liegend, warte ich weiteres ab, horche, nach innen, bisweilen ängstlich, warte auf Zusätze, auf weiteres tiefes Grollen, das sich wabernd um den Dickdarm legt. Die Schwester bringt eine Wärmeflasche, serviert Tee. Um ein Uhr mittags ist, vermeine ich, alles ausgestanden, abgegeben, quasi das Ende der militärischen Warenausgabe.

Es gibt »Fenchelsuppe«, heisses Wasser mit Gemüseparfüm angereichert. Ich schlafe ein, einige Schwächen in den Gliedern. Später, etwas unvorsichtig, spaziere ich nach Überlingen, um bisweilen ob den wiederholten Grollgeräuschen ängstlich horchend stehen zu bleiben. Dem starkem Schliessmuskel sei Dank; es passiert nichts.

16.45. Der leitende Arzt, Dr. Kuhn, empfängt mich pünktlich und fragt mich ungeniert aus. Zunge zeigen, Geschlechtskrankheiten erfragen, Puls messen, Stethoskop, Lymphdrüsen, Leber betasten, Lunge abhorchen, Knie (Menisken) hin- und herschwenken. Er verschreibt: Schwimmen, Radfahren, Spazieren, wenig Rauchen, dann, wie Frau Dr. Hebisch, autogenes Training und Atemtherapie. Im Kiosk die NZZ gekauft.

18.30. Süppchen. Fettlos, mit Peterli gemischt.

19.00. Eine Zigarette.

19.30. Frau Ettl trägt vor »Sekundäre Pflanzenstoffe – Gesundheit, die schmeckt«. Auf einem altarähnlichen Gebilde sind sämtliche gängigen Gemüsesorten aufgetischt. »Äpfel darf man niemals schälen und Kartoffeln auch nicht!« Und Rüebli müsse man bürsten usw. Jedenfalls weiss ich jetzt, dass Büchsengemüse des Teufels ist, andererseits aber Gefriergemüse auch noch Werte habe. Na also: kross gebraten, gut geraten. Die Dame aus Bayern fragt mich: »Haben Sie Hunger?« Ich antworte mit einem dezidierten Nein. Ob ich jetzt auch einem frisch gezapften Paulaner Widerstand zu leisten vermöchte, weiss ich so bestimmt nicht. Also fliehe ich gar schnell ins Zimmer und von da ins Bett.

Vierter Tag
06.00. Wadenspannen.

07.00. Ich erfahre von Schwester Brigitta mehr darüber. Es ist nicht vom Rauchen, sondern von den Mineralstoffverlusten, wie dies beim fastenmässigen Ausschwemmen halt so sei. Gewicht: 91,8 Kilo. Blutdruck 155 auf 90. Schwester Gertrud drückt mir ein Beutelchen Kaliumchlorid, was gut gegen die Wadenkrämpfe sei, in die Hände. Derweil wird in meinem Zimmer ein reichhaltiges Frühstück angerichtet: Heublumentee mit Zitrone. En Guete.

08.30. Ich schwadere im Schwimmbad. Hin und her, eine halbe Stunde, alles auf dem Rücken, wie vorgeschrieben.

09.30. Autogenes Training. Frau Dr. Hebisch präsentiert ihre Tigerhosen, die indischen Tücher und die Theorie nach Professor Schultz.

11.00. Einführung in den Gebrauch der Fitnessgeräte, Velos, Laufbänder und anderes, was für ein Gräuel!

11.30. Süppli, Wasser mit Peterli.

12.00. Leberwickel, Wadenschmerzen. Dann Honigtöpfchen mit Früchtetee. Vielleicht kommt es regnen. Der Darm ist einigermassen rührig.

14.30. Wanderung im Überlinger Hinterland. Scharfe Gangart, ich komme ins Schnaufen. Im Dörfchen Billafingen Besuch des Bürgermeisterhauses, das unlängst, erklärt uns der Wanderführer stolz, mit einer Solaranlage ausgerüstet wurde. Der Gemeindesaal ist für die Fasnacht gerüstet, an der Decke hängen farbige Schirme, und an der Eingangstüre steht unmissverständlich »Rauchen verboten«. Hunger? Nein.

17.00. Herr Wilhelmi, der Klinikdirektor, begrüsst die Neuankömmlinge zum Willkommenscocktail, irgendein Saft, natürlich ohne Nährwert. Vollmundig und bisweilen etwas abwesend doziert er über die Leistungen und Dienste. Man stellt sich vor, ist bescheiden, anständig, einige der neuen Gäste sind in der Tat dick, andere dünner, wieder andere sehr schlank, aber sonstwie krank. Er sei, sagt dann Herr Wilhelmi, Jurist. Und niemand ist verwundert. Wir nippen vorsichtig an den Säften. Nüssli oder Chips wären ja auch gut. Dafür lobe ich die Klinik, was durchaus den Tatsachen entspricht, rühme die Mitarbeiterinnen, die ohne Fehl und Tadel seien. Die Waden schmerzen immer noch.

18.30. Nachtessen. Die Dame an der Bar reicht mir das Süppchen, wünscht, frech grinsend, »guten Appetit«. Die bayerische Walküre ist auch da, neben ihr sitzt ein dicker Neugast, der sich als äusserst humorig entpuppt. Nicht schlecht. Ob er dennoch abnehme? Na klar, gibt er lachend zurück, sein Bauch wellt und wackelt mit, ein frisch gestürzter Pudding.

20.30. Ich steige, drei Gläser Ottilienquelle im Bauch, ins frisch gemachte Bett. Noch zwei Tage und das Glücksgefühl sei da.

Fünfter Tag

Um fünf Uhr erwacht. Das sei so beim Fasten, sagt man. Die Aufhebung der Peristaltik, was dergestalt allerhand Kräfte freisetze. Lesen, Terrasse begehen.

07.00. Blutdruck, Waage. 91,4 Kilo.

07.30. Anno 1954 gastierte in Luzern der Zirkus Knie, auf dem Programm stand auch die »Lebende Kanonenkugel«, ein Mann, der in ein Rohr schlüpfte, das mit Dynamit geladen und mit einem fürchterlichen Knall entzündet wurde. Die Kugel flog dreissig Meter durch die Luft, aaaa! und oooo! Eine gewaltige Akklamation war ihm sicher. Was das mit Buchinger zu tun hätte? Einiges: Ich wurde zwar nicht zur lebenden Kugel, immerhin aber zur lebenden Kanone, dank Schwester Brigitta. Sie stiess mir kurzerhand einen Schlauch in den Leib, pumpte zwei Liter Wasser in den Darm und fertig war das Klistier. »Nicht loslassen, halten, halten, zwei Minuten!« Was alsdann aus meinem Innern zischte, war einem voll aufgedrehten Wagenbachbrunnen luzernischer Provenienz nicht unähnlich.

»Das reinigt so richtig«; Schwester Brigitta berühmt sich, diejenige Person in diesem Hause zu sein, die mit Sicherheit am meisten Einläufe gemacht hat. Schwester Brigitta, die Klistierkönigin. Kurze Zeit später ein ordentliches Frühstück: Tee mit Zitrone. Später in die Stadt, die meiner Wahrnehmung nach ausschliesslich aus Metzgereien und Bäckereien besteht. Es ist Wochenmarkt, zuvörderst, natürlich ein Wurststand, umhüllt von intensiven Grillgerüchen. Ich bin immun. Gott sei Dank.

10.00. Autogenes Training mit der tigerbebeinten Ärztin. Ich nicke ein.

11.30. Süppchen.

14.30. Wanderung, noch schärfere Gangart als gestern. Ich bewundere die ersten im Zug, die allerdings alle viel zu schlank sind. Der Wanderführer war wohl nie im Militär, andernfalls er den Schwächsten von uns füglich an die Spitze stellte. Urige Waldwege und weite Heiden, die zu geniessen das Tempo nicht zulässt.

17.30. Blutdruck gemessen. 140 auf 90, ein Wert, mit dem Schwester Brigitta ungebrochen unzufrieden scheint. Es regnet fürchterlich. Wasser, Magnesium usw.

18.30. Süppchen. Die ältere Dame, die konzertant mit mir schlürft, kennt sich offenkundig aus in Zug. Aha. Sie klagt über die plötzlichen Preisaufschläge in der deutschen Gastronomie, und für eine Flasche Mineralwasser habe sie unlängst an einer Tankstelle EURO 6.50 bezahlt. Für diesen Preis hätte sie wohl besser Wein gekauft. Ich stimme eifrig zu, in Gedanken bei einem Château Haut Brion 1982. Was gibts dazu?

19.30. Ein ehemaliger Narrenvater plauscht und referiert
derart eifrig über die Überlinger Fasnacht, dass ihm alsbald der
Schaum auf den Lippen steht. Applaus, Applaus. Im Bett studiere ich – wieso nicht? – la carte de service d'étage, seinerzeit
behändigt im Hotel Drei Könige in Basel. Ich wähle eine Terrine de Foie Gras Maison und dann ein Clubsandwich mit Pommes Frites (!). Nous vous souhaitons un bon appétit. Ich spüle
mit Ottilienquelle, natürliches Mineralwasser, seit 1892.

Sechster Tag

Schwester Brigitta neckt die Patienten, ganz Närrin, weil
Fasnacht. Gewicht: 90,6 Kilo, Blutdruck: 150 auf 80. Aha. Der
Tee wartet schon. Jetzt ein Markbein, gut gesalzen, auf knusp-
rigem Baslerbrot, dazu ein Glas Chassagne Montrachet. Ja, ja,
das wärs.

08.00. Schwimmen im offenen Bad, Dämpfe um mich.
»Auf den Spuren des Heilfastens.« Im Buchinger-Gesundheits-
ordner stehts an vielen Stellen, und auch das uns nur zu bekannte Wort »Heil« wird vorsorglich definiert als »körperliche
Gesundheit und psychisch-seelisches Gleichgewicht«. Und etwas lapidar: »So drückte er (Vater Buchinger) durch die Wahl
des Wortes aus, dass Fasten ein komplexes Geschehen ist.«
Was das allerdings wiederum mit Heil zu tun hat, ist kaum ein-
sichtig, vor allem wenn man bedenkt, dass Vater Buchinger
seine Theorien unter anderem in den Dreissigerjahren, quasi
auf deutschem Heilsboden, entwickelte: Heile, heile Säge.
Und: »Bei der Buchinger Methode handelt es sich um ein
individuell modifiziertes Fasten, bei welchem dem Patienten
primär durch Kohlenhydrate (Obstsäfte, Honig und Gemüse-
brühe) ca. 250 kcal pro Tag zugeführt werden. Diese Zusätze

können je nach Bedarf durch Eiweiss in Form von Milchprodukten und Mikronährstoffe (Mineralien, Vitamine, Spurenelemente) ergänzt werden.«

11.45. Dr. Kuhn empfängt mich, präsentiert die Ergebnisse der Blutuntersuchung. Alles wäre gut, wenn da nicht das hinterlistige Cholesterin wäre. Angesagt ist ein Belastungs-EKG. Der Termin folge.

12.05. Süppchen. Nicht zu definieren, dazu ein unbeschreiblich guter Fruchtsaft. Was es sei? Ich weiss es nicht.

12.20. Leberwickel, ohne Knödel, aber, so mein Mitfaster, »al dente«. Schwester Brigitta schwärmt in Vorfreude von den Spaghetti »Aglio e Olio«, die sie jetzt dann esse. Im Gegenzug erhalte ich eine Portion Zitronentee. Auch nicht schlecht.

13.45. Eilmarsch zur Birnau, Basilika-Besichtigung, Hochbarock und Rokoko. Dr. Good, der Kunstgeschichtelehrer, war auch schon da mit mir, allerdings sind es 40 Jahre her. Weiter nach Überlingen, mitten in die Fasnacht, die ich füglich meide, ob der vielen Würste und dem Bier, vor allem dem drohenden Paulaner.

18.30. Süppchen, gemeinsam mit einer Dame aus Bonn und einem frohgemut freundlichen holländischen Ehepaar. Ein sich auf dem Tisch befindender Serviettenhalter brennt, samt Inhalt, und wird unter Beifall gelöscht. Die holländische Mitfasterin zeigt stolz einige Küchengeräte, die ihr im Rahmen einer Diätveranstaltung freundlich angedreht wurden.

19.30. Vortrag: »Das Immun-System des Menschen«. Dr. Kuhn erzählt druckfrisch Interessantes, schweift ab ins Philosophische, bleibt auch da luzid und bestechend. Die Reduktion auf das Glück, das man nur gewinne, wenn Psyche und Abwehrsystem harmonisch wechselwirkten. Tönt einfach und ausserordentlich schwierig. Aber die Ansätze sind ebenso einleuchtend wie überzeugend.

21.40. Kissen schütteln. Max Frisch war auch hier. Und Rilke?

Albtraum. Hocke in der Kunsthallebeiz in Basel. Die Kellner flitzen umher wie Schlittschuhläufer ohne Kufen, winken mit halbweissen Servietten in den Himmel hinein, vertreiben hurtig die Wolken und werfen Speisekarten auf die Tische, ohne Unterlass. Turbot grillé, ein Kilo Blattspinat. Wienerschnitzel mit Nudeln. Salate wachsen aus den Tellern, werden zu Hügeln, zu Bergen. Aus grossen Flaschen blühen dicke Bordoweine, schlängeln sich in nicht ganz saubere Gläser.

Siebter Tag

06.50. Gewicht: 90,2, Blutdruck: 130 auf 75. Aha. Und nach der Frühstückszigarette fühle ich mich in der Tat etwas benommen.

08.00. Atemtherapie bei Frau Lang, ich stelle mir anstrengende Atemübungen vor, klassischerweise vor offenem Fenster, mit mühsamen Kniebeugen und heiterem Armstrecken, begleitet von gurrendem Luftholen und ächzendem Aushauchen. Angenehm überrascht bin ich, als mir Frau Lang erklärt, dass es sich hier um etwas ziemlich anderes handle: Massage nach der Psychotomik von Glaser. Ich ersteige das

Massagebett, werde zugedeckt, Frau Lang beginnt mit den Füssen, derart zärtlich, dass ich zunächst vermeine, Glaser habe der Feinmassage das Wort geredet. Ich irre, gründlich. Alsbald nämlich wird es happig, und Frau Lang zieht, stösst und punktet, die linke Leibesseite wird warm, schwer, schwerelos, quasi gefühllos, enteilt ins Astrale. Gleiches geschieht rechts. Zuletzt liege ich ohne zu liegen, und die Frage, wo mein Köper sei, drängt sich füglich auf. In Zürich gebe es ein Glaser-Institut, sagt Frau Lang. Dann gibt sie mir die Adresse einer Kollegin in Cham, ein Tipp, den ich mit Sicherheit benützen werde.

10.55. Ich erwarte das Klistier, und, noch zuvor, bellt das Telefon. Frau Weiser signalisiert eine Psychotherapiestunde, die ich gleich nehmen könnte, da eine andere Patientin ausgefallen (verhungert?) sei. Ich verschiebe den Einlauf, was sich als durchaus lohnenswert erweist.

12.00. Schwester Hermesine setzt mir den Schlauch, pumpt unbarmherzig Wasser ins Gedärm und erinnert mich eindringlich an meine Schliessmuskulatur. Später Mittagessen: Kartoffelsuppe, wie sie in den Verliesen des KGB nicht wässriger zu servieren wäre. Dass sie hier mit Sicherheit besser schmeckt, vermag am Wasser nichts zu ändern.

14.30. Gemäss Plan: »Die Wanderung beginnt am Haupthaus, führt in mässiger Steigung durch den Spetzgartertobel hinauf nach Aufkirch, mit schönen Ausblicken auf den Bodensee und die Alpen. Dann das romantische Feigental am Nellenbach entlang. 6,5 km.« Wir unterhalten uns über Kindererziehung via Ferienhaus in Südwestfrankreich hin zu Bush und Israel.

Später wage ich noch eine Runde in die Stadt. Es ist bit-
terkalt.

18.30. Kartoffelsuppe. Dito vom Mittag. Die holländischen Mitfaster haben mittlerweile die Preisliste für Einzelbe-
handlungen, die ich ihnen ausgeliehen habe, studiert, und
flugs verschiedene Termine, weil preislich etwas exzessiv, ab-
gesagt. Die Dame am Buffet verzehrt in aller Öffentlichkeit ein
Sandwich, immerhin aus Zwölfkornbrot.

19.30. Zu sehen wäre ein Film mit dem Titel »Die Legen-
den der Leidenschaft«, auf den ich füglich verzichte, zumal ich
mir und meinen Geschlechtsdrüsen eine Nervenbelastung, als
gegenwärtiger Halberemit, schlichtweg nicht leisten kann. Dafür gibts, auf dem Hinterhof, eine Zigarette. Und dann Wasser
nach Belieben.

Achter Tag
Immerhin: Schon eine ganze Woche. Und per Saldo 89,7
Kilo. Blutdruck 140 auf 90.

09.15. Dr. Kuhn trägt vor, über »Die Stoffwechselverän-
derungen im Fasten«. Beeindruckend, vor allem die Prämisse,
dass es schade, im Heilfasten zu wenig zu trinken, und es ebenso schade, wenn man sich den Klistieren entzöge, nur um sich
den Genussmitteln hinzugeben. Die Freude auf das Fastenen-
de wächst zusehends.

10.00. Autogenes Training mit Dr. Kuhn, der offenkundig
die Schultz-Methode sinnreich aus- und umzubauen wusste.
Allerlei neu eingeführte Meditationsmittel sind nicht zu ver-
kennen.

14.30. Das Wandern, das Wandern. Eilmarsch nach Hödingen, zum Atelierbesuch bei der Handweberin Gisela Fröhlich. Vor dem Haus ziehen wir brav die Schuhe ab, Frau Fröhlich ist schon ganz aufgeregt ob der grossen Buchinger-Kundschaft, bleibt dennoch freundlich, führt uns in die gute Stube, kredenzt Wasser. Im Haus riecht es nach Knoblauch, die Ahnung, aber nicht das Verlangen stösst auf. Frau Fröhlich treibt uns in ein etwas muffiges Untergeschoss, wo vier Webstühle, übrigens ziemlich eng, verteilt sind. Frau Fröhlich, die Spinnerin, nimmt Platz und greift nicht in die Tasten, aber in die Fäden. Hui, das Schifflein beginnt zu zappeln, fliegt hin und her. Frau Fröhlich mutiert zum Derwisch, tritt behende auf zehn Pedale, hier und dort, dort und hier; es klippert und klappert und donnert und ächzt, zum Wachsen des Stoffs. Die Damen zuvorderst. Man staunt nicht schlecht, und Frau Fröhlich behauptet beiläufig, dass dies alles für sie schiere Kontemplation und höchste Erholung sei. Herr Fröhlich ist kaum zu beneiden. Was Frau Fröhlich so webt, ist schön, stofflich gesehen, aber farblich? »Makramee«, meint eine Mitfasterin, womit sie leider nur allzu recht hat. Braun, Beige und Schwarz sowie ein grässliches Ochsenblutrot herrschen vor und öffnen auch bei mir Erinnerungen, die ich jetzt am wenigsten bräuchte: Die kopfwehbelasteten Sechzigerjahre, umzäunt von frisch geölten Gummibäumen und unterlegt mit einem schalen Bodenwichseduft. Fehlte nur noch eine Rolle Fliegenklebeband. Übrigens: mein Raucherhusten ist gebändigt. Fasten gut, alles gut. Ein Mitfaster weist auf ein neu erstelltes Haus in der Nähe des Anwesens von Frau Fröhlich, und männiglich bricht in schallendes Gelächter aus: hödingische Klistierarchitektur. Scheusslicher geht es nicht. Jemand assoziiert: Deutscher Palladio, worauf mir das wohl weltbeste Poulet-Mayonnaise-Sandwich vor die Augen tritt, das ich je genossen habe, Asolo, Villa Cipriani. Wir fragen uns, weshalb es in der Buchinger-Klinik keine einzige Weinflasche gibt und auch keine Zäpfen, zumal diese zur Unterstützung des Schliessmuskels im Zuge eines Einlaufs doch äusserst praktisch wären. Recycling pur. Auf dem Heimweg eine Bulldogge, die uns anknurrt, weshalb ihr der Schwanengesang spätestens nach drei weiteren Festtagen prognostiziert wird, mit Messer und dann à point. Als Vorspeise: einen Leberwickel, nicht zu heiss.

18.00. Süppchen. Ottilienquelle ohne Depot und folglich auch nicht dekantiert. Ich spüre allmählich die einströmenden Glückshormone.

Neunter Tag
89 Kilo, Blutdruck: 120 auf 75. Na also.

07.30. Heublumen am Rücken und auf dem Bauch, Herr Gudelius bearbeitet meine Muskeln, es nützt, die Verspannung weicht.
    Später im Auto, ich kurve herum, der Batterie wegen, eine halbe Stunde. Zurück ins Zimmer. Schwester Hermesine wartet schon, das Klistiergeschirr waffengleich im Anschlag. Sie stöpselt mich ans Wasser, als wäre ich eine alte Telefonzentrale: »Verbindung bitte!« Was einläuft, ist nicht ein Besetztzeichen, sondern ein warmer Kommunikationsfluss; telefonieren wäre, jetzt, unmöglich.

11.30. Süppchen und Säftchen, halbe halbe. Der Leberwickel bleibt aus, weil Sonntag.

14.30. Es regnet. Wir, die Wanderer, steigen in den Bus.

Dann zu Fuss, über »die Höhen der lieblichen Landschaft des Linzgaues«. Erörtert werden diverse Kochrezepte, die Rehleber und, was besonders köstlich sei, das Rehherz, das, gescheibelt und gedünstet, wohl am besten schmecke. Auch vom herrlichen Steinbutt ist die Rede und vom Lachsfischen in Schottland. Ein knuspriges Wildbret schliesslich wäre auch nicht zu verachten. Zur Vorspeise wird wiederum Gänseleber nicht gereicht, aber vorgeschlagen, zum Hauptgang wahlweise Lamm-Chops oder umbrisches Rind (das mit den grossen Hörnern). Dazu ein Château Latour 1990, später Käse und noch vor der Süssspeise eine Flasche Sauterne. Schliesslich Crème brûlée und dann, ausnahmsweise, einen Carlos Primero, Kaffee mit Friandises. Zuallerletzt würde ein gutes Glas Portwein, zum Abrunden, sicherlich nicht abgelehnt. Als Apéro übrigens stehen entweder Champagner oder ein Capo Martino von Jermann zur Wahl. Die Frau Doktor zöge allerdings einen Camparimix vor, mit Schämpis und Orangensaft, oder schlicht, halbe halbe, mit Rotwein, was mir allerdings schon etwas gewagt erschiene. Es stürmt, was niemanden stört. Der Wanderführer verteilt Wasser.

19.00. Süppchen, Wasser, Wasser. Bin ich ein Kamel?

19.30. »Babettes Feast«, von Frau Blixton. Die Lehre über das weggekochte Vorurteil. Ein ebenso stiller wie hinreissender Film, und es wird fürstlich gegessen, quasi das essentielle Thema dieses Werks und natürlich passend zum gegenwärtigen Zustand der Zuschauer. Männiglich prustet und lacht, ich kugle mich, zeitweise. Im Film (!) gibts zunächst: Sherry als Apéro, Schildkrötensuppe, dazu Veuve Clicquot, gefolgt von Blinis mit reichlich Kaviar, Wachteln (Caille au Sarcophage), eine Spezialität des Restaurants D'Anglais in Paris, allerdings ziemlich zurückliegend, im 18. Jahrhundert und nota bene vor der Revolution. Begossen werden die Wachteln mit Clos Vougeot. Hierauf Käse. Nach einer fulminanten Früchteplatte folgen die Desserts, Crème Caramel, mit Schlagrahm, Gugelhopf, Profiteroles mit ziemlich viel flüssiger Schokolade und auch hier: Schlagrahm weiss wie Schnee. Schliesslich Kaffee. Nicht zu wenig Marc de Champagne. Ich schenke immerzu ein: Wasser. Und ich hoffe, dass sich Vater Buchinger nicht im Grabe umdreht – oder ob uns der Vater bloss testen will? Ein Sadist jedenfalls sei er nicht gewesen.

Zehnter Tag

Gewicht: 88,6 Kilo, das sind immerhin seit dem vorvergangenen Sonntagmorgen, nahezu 6 Kilo weniger. Blutdruck: 130 auf 80.

»Ganz am Ende steht die tief empfundene Dankbarkeit für alles, was ich nicht ändern muss, weil es gut ist, so wie es ist.« (*Dr. Kuhn, Heilfasten, Seite 112.*)

Lapidar und dennoch, irgendwie, genialisch. Im Übrigen erstaunt schon, wie es dieser Arzt fertig bringt, interkonfessionell zu agieren, ohne jede Indoktrination und nur im Sinne von »Angeboten«, zumal er mit Bestimmtheit zum Religionsführer prädestiniert wäre. Umso auffälliger und angenehmer berührt die Abwesenheit jeglicher Einflussnahme, die vollauf durch den Blick auf die Eigenverantwortung, und das sei ebenso entscheidend, die persönlichen und seelischen Gegebenheiten kompensiert wird.

09.00. Ich liege schnuppernd in den Heublumen. Herr Gudelius knetet, links von mir ein erhebender Klee aus dem Jahre 1915, auch als Kunstdruck durchaus sehenswert.

10.00. Arzttermin. Für morgen angesetzt ist ein EKG.

11.00. Psychotherapie. Ich lasse mir die Leviten lesen.

12.15. Halbes Süppchen, halbes Säftchen. Paulaner vom Fass hätten sie wirklich nicht, sagt Schwester Hermesine. Für kein Geld dieser Welt.

14.30. Mühlhofen. Wir wandern durch den Mühlhofner Mischwald an graublau und violett dräuenden und dunkel raunenden Weihern vorbei; ich assoziiere Karpfen, worauf umgehend verschiedenste Zubereitungsvorschläge die Runde machen. Jemand gibt zu bedenken, dass es sich hier doch um ein reichlich fetthaltiges Tier handle, das wohl so bekömmlich nicht sei. Später: Das Salemer Schloss. Eindrücklich, riesig, zumindest für heutige Verhältnisse und auch, so scheint es, gepflegt und gut erhalten. Führungen gebe es leider nicht, zu dieser Jahreszeit. Eine Dame wirft ein, dass man im diesjährigen Buchinger-Programm ohnehin die vielen früheren interessanten Führungen vermisse. Ihre Mutter, 85 Jahre alt, hatte unlängst eine Rückenquetschung, lebt seither mit Morphin: Sturz auf eine Truhenkante. Hatte sie getrunken? Wenn ja, was und wie viel? Es riecht nach Frühling, zartblaue Bänder am Horizont. Eine Alpenkette, perlend über dem Bodensee.

18.15. Schmerzhafte Einführung in die Meditation, das Holzbänklein unter dem Hinterteil lindert nicht, zumal sittsames Knien vorgeschrieben sei. Ächzend und mit leicht verzerrtem Gesicht gebe ich auf. Stühle sind bequemer. ZEN. Meditation des Herzensgebets. Dr. Kuhn breitet die sieben Zentren aus, die zur »Mitte« führten. Leben ist Leiden, so bliebe nur der Tod; tröstlich?

88,2 Kilo. Blut: 130 auf 80. Trotz fettreichem Karpfen.

08.00. Atemtherapie. Schwebend ins schmerzlos kühle
Nichts. Frau Lang ist wahrlich eine Künstlerin. Später begrüsst
mich Oberschwester Irmgard. Ihre blauen Augen funkeln, Seele und Säule dieses Hauses. Und wenn die Säule bräche? Bevor
ich eine Antwort finde, pumpt mir Schwester Brigitta zwei Liter
Wasser in den Leib, lädt einen Sprengsatz. Von der Implosion
zur Explosion. Es zischt, kracht. Fehlten nur noch die Fanfaren
oder die Synchronizität akausaler Zusammenhänge. Letztere
indes haben mich eingeholt. Brüstete ich mich gestern noch,
durch das Fasten selbst den Tinnitus verloren zu haben, bin ich
heute Morgen um fünf Uhr mit diesem wieder aufgewacht. Es
läutet und zirpt wie nach drei Flaschen Bordo; geradezu griechische Hinterlandverhältnisse im Hochsommer. Was bleibt, ist
die Hoffnung.

11.00. Oberschwester Irmgard trägt vor: Gut gekaut, ist
halb verdaut.»Die Zeit nach dem Fasten.« Natürlich rät sie von
allerhand ab. Vor allem vom Alkohol und natürlich vom Fett.
Na ja, Fische darf man essen, aber usw. Land in Sicht: Über-
morgen sei Aufbautag. Ich werde aufgefüttert.»Denken Sie
daran«, sagt Schwester Irmgard eindringlich:»Speicheln, speicheln, speicheln.«

12.00. Süppchen, Säftchen. Was ist Hunger?

12.30. EKG. Die Schwester möchte zwar in die Mittags-
pause, bestöpselt mich aber gleichwohl. Dienst ist Dienst. Tre-
ten bis auf einen Puls von 150. Dr. Kuhn ist zufrieden. Die Re-
gistratur zeigt keinerlei Schäden (noch). Hand aufs Herz.

14.30. Von Haldenhof auf den Höhenweg durch lauschige Mischwälder und den Hödinger Tobel, der sich, infolge Baumfalls, als versperrt erweist. Heute sind es vornehmlich Hasen, speziell die Rücken, die dem geistigen Verzehr zum Opfer fallen. Aber auch Lämmer, und davon zuerst die Nierchen, auch diese gescheibelt, in der Pfanne gebraten, mit Butter und Öl und Zwiebeln,»nur kurz«, mahnt mein Wanderkamerad. Der Reiz auf meinen Tinnitus ist unüberhörbar.

18.30. Süppchen. Ich präge den Begriff des»Hosenlosen Atems«, dies als Reminiszenz zur Atemtherapie, die ich wärmstens empfehle, und womit ich, da diese entkleidet zu absolvieren ist, bei einem Mitfastenden nicht von ungefähr auf ein gewisses Unverständnis stosse, verbunden auch mit dem Einwand, dass Atmen auch mit Kleidern doch durchaus möglich wäre.

19.30.»Fasten als Übung zur Besinnung und Sinnfindung.« Dr. Kuhn referiert und lehrt uns vielerlei.»Üben des Meidens nimmt Quellen des Leidens«, sagte Vater Buchinger. Wir hören vom C.G. Jungschen»Schatten«, Interessantes aus der Bergpredigt und den vier verschiedenen Yoga-Wegen zu Weisheit und Erleuchtung, begleitet von einem wohltuenden Gewitter gegen das Zeitungslesen, das Fernsehen und anderes.

Zwölfter Tag

87,8 Kilo. Blut 120 auf 70. Na, na. Alles wird gut, heute gibts Apfelmus, das Fasten sei zu brechen.

08.00. Frau Lüttich-Pfisterer bepflastert mich mit Heublumen, ein halbes Älpetli. Dann greift sie in die Vollen, traktiert den Rücken und das Hinterteil: per aspera ad astra.

09.00. Gang in die Stadt. Zum Münster und in das engere Weichbild. Beim Heiligen Antonius zünde ich eine Kerze an. Vom Wurststand beim Markt wabern gar gefährliche Grilldüfte, bis über die Dächer der Stadt und auf den See hinaus.

11.30. Apfelmus, mit einer Mandel drapiert, gekrönt. Ich wusste bislang nicht, wie herrlich eine solche Speise schmecken kann. Dazu, natürlich, Ottilienquelle, die zuhauf.

14.00. Der Paradiesapfel kommt, von dem ich, vorsorglich, nur einen Achtel esse. Auch dies ein wahres Fest. Der Preis: ein Paradies.

14.30. Von Sipplingen auf dem Blütenweg nach Ludwigshafen. Angesagt sind die Gänse, nachdem der schottische Lachs, den man als Kenner nur und immer vor dem Laichen verzehre, bereits Thema beim Mittagstisch gewesen ist. Über die Zubereitung der Gans wird keine verbindliche Einigung erzielt. Insonderheit mein Marinadevorschlag stösst allgemein auf Skepsis. Dagegen aber stimmt männiglich zu, dass eine Gans nur butterzart und anders nie zu Tisch gegangen wird. Auch erhalte ich eine Hotelempfehlung für Wien: »Der König von Ungarn« (bitte, reservieren Sie das Zimmer ausschliesslich gegen die Strasse hinaus!). Wir leiten über zu St. Galler Bratwürsten, begleitet von einer duftenden, goldgelb gebratenen und entsprechend knusprigen Butterrösti. O Gott, O Gott, O Gott. Die Weine lassen wir aus, dagegen sprudelt der Whisky, dem, so erzählt mir der Fastenfreund, vor allem auch Kokoschka zugesprochen habe. Eineinhalb Flaschen täglich bis ins höchste Alter hinein, sei für diesen begnadeten Künstler keine Sonderleistung gewesen, schliesslich gilt:

One bottle a day keeps the doctor away.

Heute beginnt die Fastenzeit.

18.30. Kartoffelsuppe. Kerze. Urkunde, besagend, ich hätte fastend bestanden: Fastenbruch, der ein bisschen Wehmut weckt, Erinnerung an die innere Sauberkeit, an Klistiere, an Süppchen und Säftchen als jetzt Vergangenem. Wir schwärmen von Tartex (»schmeckt wie Wurstaufstrich«), Rügenwalder und Pfeffersack, Würste, Würste, Würste. Derweil der ungebrochene Wille, kein einziges Gramm zuzunehmen. Es sei halt immer ein Interessengegensatz, letztlich aber stets eine Frage der Verhältnisse und der Verhältnismässigkeit. Wurst zu Tartex beispielsweise verhält sich wie Butter zu Zopf. Mit der Gratulationsurkunde ausgehändigt wird uns der »Aufbauplan«. Im Begleitschreiben ist nachzulesen: »Lieber Fastenbrecher (tönt wie Ein- oder Ausbrecher und mindestens nach einem mittleren Verbrechen), Sie sind am Ende Ihrer Fastenzeit angelangt und beginnen heute wieder zu essen. Bitte beachten Sie hierzu die Essenszeiten.« Eine Mitfasterin erzählt vom Scheich, der sich unter den Gästen befinde, mit sechs Frauen, dem harten Kern des Harems: Üben des Meidens.

19.30. »Atem, Stimme, Wort.« Frau Osswald referiert höchst interessant und verlangt uns Übungen ab. Wir summen, singen »UUU« zur Körpermitte und »AAA« zur allgemeinen Befreiung.

Dreizehnter Tag
87,2 Kilo. Blut: 140 auf 70.

08.00. Frühstück. Es tagt: zwei Pflaumen, Dinkelbrei und Malzkaffee. Diesen und den Brei könnte ich leichthin missen, also faste ich ein bisschen weiter. Die Fastenrechnung, die ich dann bezahle, ist so dünn nicht, allemal aber noch erträglich, angesichts der hier notierten Resultate.

10.30. Dr. Kuhn ist zufrieden. Ich auch.

11.00. Frau Weiser, die Psychotherapeutin, hebt den Zeigefinger. Ihre Ratschläge sind ebenso luzid wie beherzigenswert.

12.10. Mittagessen. Köstliche Salate, Ottilienquelle, Spinat und Kartoffelstock. Ich praktiziere EVG nach Schwester Brigitta: ein Viertel genügt, bin dennoch satt.

14.00. Fettarmer, delikater Allgäuer Joghurt: 47 Kalorien, 4 Nüsschen, ein polierter Apfel, den ich aufspare.

14.30. Von der Süssmühle durch ein unberührtes Naturschutzgebiet zu den Churfirsten und über die Burghalde nach Sipplingen. Hauptthema unseres heutigen Gastroseminars bilden die Bekassine und die Schnepfen, die Zubereitung à la nature, mitunter Pekingenten usw. Als Vorspeise ein halbes Dutzend Burgunderschnecken mit Knoblauch und sämig überbacken. Einen Pfeffersack als Zwischenmahlzeit und im Felsenkeller gereiften Emmentaler. Ich denke an den Apfel, im Zimmer. Mein Mitwanderer war unlängst in der Stadt, um die Mittagszeit. Ob den verführerischen Gerüchen, erzählt er, sei er flugs mutiert zu einem fiebrig witternden Trüffelschwein, die Augen leicht glasig, die Lefzen feucht, in eine leichte Hyperventilation verfallend. Wer verstünde, der ergründe!

18.30. Pünktlich zu Tisch. Ein Stück Papaya, begleitet von einer Viertelfeige. Salätchen, sechs Kefen, zwei geschmacklose Kürbisstückchen, eine Reiskugel. Die vierte Dame am Tisch macht einen 800er, fünf Wochen! Unnötig ist es nicht.

19.30. Chagall, der chassidische Maler. Herr Wilhelmi, der gute Winter lugt ihm aus den Augen, präsentiert den Referenten, Dr. Stoll aus Basel. Der Vortrag ist spannend, luzid, getragen unbestritten von einem lodernden Feu sacré. Inwieweit die Interpretationen auch Chagall zugänglich wären, würde mich schon noch interessieren.

Auf dem Nachtlager studiere ich eingehend einen Artikel aus der »Zeit«, den mir der Fastenkamerad aus Hamburg, einigermassen mitfühlend, zugesteckt hat. »Fasan oder Perlhuhn immer nur mit Sauerkraut und Kartoffelpüree«, von Siebeck. Die Rezeptur besticht: Marinade aus Rotwein und Akazienhonig. Zur Sauce notiert Siebeck: »Wenn ich ... furchtlos gewürzt habe, erreiche ich mein Traumziel: eine Sauce von gigantischer Konzentration, exotisch süss und durstfördernd scharf, dazu buttrig genug, dass sich den Cholesteringläubigen unter meinen Gästen die Haare sträuben.« Hätten die Gläubigen hier einmal gefastet, wüssten sie von Dr. Kuhn, dass dies so schlimm gar nicht ist, indem der Nahrungsanteil am fatalen Cholesterinspiegel gerade mal 20 Prozent beträgt. Die Unruhe macht den Rest aus, und wenn wir in aller Ruhe geniessen, dürfen wir uns ruhig, was das Cholesterin betrifft, auf die Seite der Ungläubigen schlagen. Gute Nacht!

87,3 Kilo. Blut: 130 auf 80. »Lieber Rotwein, als tot sein.«
Ein Wort zum neuen Tag, von Schwester Brigitta. Ich stimme zu
und ein.

08.00. Heublumen. Die Erinnerung an einen sonnen-
durchfluteten Julinachmittag, vor mir eine Flasche Dézaley,
kühl und zugeperlt, über mir ein Trost und Frische spendendes
Platanendach.

09.00. Zum Frühstück zwei Pflaumen und ein erheben-
des Müesli, Malzkaffee, an den ich mich allmählich zu gewöh-
nen scheine.

11.00. Atemtherapie. Erfrischend, entspannend.

12.00. Salätchen, Dinkelgüpfli, Tomaten und, ich räume
ein, herrliche Pilze, dezent bestreut mit Parmesan! Lecker vom
Becker. Die Ottilienquelle sprudelt.

14.00. 47-Kalorien-Yoghurt. 4 Nüsse.

14.30. Eigentlich wollte ich in die Stadt, auf der Suche
nach dem Pfeffersack. Die Sonne indes verführt zur Wanderung: durch den Spetzgarter Tobel zum schönsten Aussichts-
punkt bei Hödingen, durch die Hödinger Reben (!), an der
Gletschermühle vorbei über Goldbach und zurück. Herr Bohne, unser Führer, ist Feuer und Flamme. Hier und dort zeigt er
auf Häuser, Schlösser, Berge, erklärt, erzählt, mitunter vom
Gläserwerfen, das er und die anderen Buben hier mit Eifer
praktizierten. Eine Mitfasterin bemerkt: »Die hatten ja gar
nichts anderes.« Später die neue Salemschule umrundet, be-

stechende Architektur, lebendiger Ziegelstein und ebensolche Formen. Herr Bohne:»»Das erinnert an griechische Forts«, womit er sich zwar als Griechenlandreisender bekennt, dieser Architektur aber, so meine ich, nicht zur Gänze gerecht wird. Die Sonne scheint.

17.30. Eine Zigarette im Hinterhof. Zwei Hunde, die mich beschnuppern. Dann das Herrchen in den Achtzigern, erzählt, ohne Unterlass, vom Zweiten Weltkrieg, Arbeitsdienst in Frankreich, 1940, ohne Waffe, dann Marine, wo ziemlich Blut geflossen sei. Die Verarbeitung der Kriegserlebnisse forderte von ihm zwei Flaschen Schnaps, täglich, die er nur Dank einer Hepatitis B zu überwinden vermochte. Es folgt Schlacht an Schlacht, auch die Gustloff fehlt nicht; 24 Bekannte und Freunde starben in den Fluten. Das Blutbad auf einem Minensucher, sein bester Freund zerrissen, die Granate im Bauch. »Die Beine wuchsen ihm aus dem Kopf.« Und: »Sie besuchen mich auch heute noch, meine Kameraden, nächtens.« Der Veteran grinst und ist augenscheinlich froh, diese Dinge einmal mehr von sich gebracht zu haben. Im Übrigen sagt der Veteran: »Ich habe keinen einzigen getötet, nur Kiefer habe ich zerschmettert, mit der Handkante.« Es ist kalt. Sockenlos erstarre ich, allmählich. »Guten Abend«, das Herrchen pfeift den Hunden, aufgeräumt. Heisse Dusche.

18.45. Nachtessen. Salätchen, Kartoffeln, »Rote Beete« (sagen sie hier für Randen), Quarkbrei, dieser jedoch köstlich. Frau Doktor hat Lust auf Weissen, wir anderen auch.

19.30. Oberschwester Irmgard eilt zur Rezeption, ausser Atem. »Wo ist er?« Der Referent hat offenbar den Vortragstermin vergessen, Thema:»Clever for ever«, Gedächtnistraining.

Beruhigend.

20.00. Aufbruch in die Stadt, zur Weinstube. Der einzig freie Tisch findet sich, welche Koinzidenz, in einem Fass, umrahmt von staubigen Plastikreben. Der Soave, den wir zunächst bestellen, ist schlicht untrinkbar, alkohölelet, ist bitter und metallig. Pfui. Viel besser ist die nachfolgende Flasche »Pouilly Fumé« auch nicht, aber immerhin trinkbar – und günstig. Das zweite Fastenbrechen. Eine Kerze ist auch da. Wir freuen uns über unsere alten Väter, die sich ungebrochen nass rasieren. »Zum Wohle.« Ein besoffener Gast, von unsichtbaren Stürmen hin- und hergerissen, fällt beinah in unser Fass. Drei Monate Buchinger täten ihm nicht schlecht. Wir beschliessen die Gründung eines Fastenveteranenvereins, in gastronomischem Rahmen, mit Sitz irgendwo zwischen Hamburg, Bremen, Lörrach und Zug.

Letzter Tag
07.00. Nochmals wägen: 87,1 Kilo. Blutdruck: 140 auf 80. (Aha, der Pouilly Fumé!).

Schwester Brigitta stellt die Schicksalsfrage, jene nach dem Stuhlgang, die ich mit einem säuerlichen Nein beantworte. »Ohne Stuhlgang verlässt niemand dieses Haus«, und »Was hier gegessen wurde, wird hier gelassen«, erklärt Schwester Brigitta dezidiert. Die Folge liegt auf der Hand bzw. im Darm: Wahrheit wird bestraft. Schwester Brigitta greift zum Einlaufinstrument. »Gring ache o seckle!«

Der Hausbursche bringt das Gepäck. Was ich gelernt habe? Das Üben der Ernsthaftigkeit.

Null Grad 45 Minuten südliche Breite, etwa 72 Grad 30 Minuten östliche Länge: der Himmel brennt, brodelnde Vulkane auf dem Kopf, Sand im Hemd und auf der Brust. Gerben, zu Krokodilhaut werden, stets durstig, unlöschbar. Ich werde zur Kaktee, schlage aus, runde, dicke Stacheläste, zwei oben, zwei unten. Die Hitze steckt in meinen Ohren wie Trommelschlegel, wird zum Schlagzeug. Flughafen Male, eine dumpfe, dräuende Buschtrommel. Links und rechts der Piste indische Söldner in notdürftigen Zelten, sie winken uns, den Zivilisten im Airbus, jenen heisshungrigen Wintermenschen, Skifahrern, Reisebüro-touristen, Rechtsextremisten. Die einzige Bewegung während des elfstündigen Flugs: sich entleeren, sich füllen und wieder entleeren. Eine Flugplatz-Flughafeninsel. Wir fliegen sie an, über Türkistupfen hinweg, darum herum tiefe Bläue. Am Himmel bedrohliche Wolken. Die Kuoni-Hostess, eine grossbrüstige Tessinerin, begrüsst uns nahezu frenetisch, freut sich, vielleicht, auf neue Gesichter. Sie überreicht uns hektografierte – auf Rosapapier – Anleitungen, Verhaltensmassregeln, die, wohlweislich, in der Schweiz nicht zu erhalten waren. Maledi-

ven: Drittweltland, zukunftsträchtiger Abnehmer europäischen
Zivilisationsmülls. Da raucht man noch durchaus unbedenk-
lich, und Plastikmöbel gelten als höchstes Glück jeglicher Einrichtung. Nylonhemden gibts da, als ob wir das Jahr 1956
schrieben. Ausserdem sind die Malediver äusserst kopulations-
freudig und leben – bei dem Klima –, auch das ein marktwirt-
schaftlicher Vorteil, nur so lange, wie sich wirklich konsumie-
ren lässt. Im Durchschnitt bis zum vierzigsten Altersjahr. Oft
fahren die Frauen noch früher ins Grab.

Mit dem Speedboat nach Funisland. Der Fahrer, ein Maledive, hockt, einer Raubkatze gleich, hinter dem viel zu grossen Steuerrad. Gelbe Sonnenbrille auf der Nase, mit schwarzen
Schlitzen. Der Supertiger von Eschnapur. Ein Nacken wie ein
Hünenbergerbauer zu Gotthelfszeiten, tritt er zornig, ungestüm aufs Gaspedal und los gehts mit annähernd hundert Sachen in die Türkis-Lagune. Links von uns Male, die Hauptstadt,
gedrungen am Wasser, fast nur einstöckig gebaut, darüber hie
und da Palmen, Sandwolken, sich irgendwo auftürmend, der
Hafen, versperrt von einem riesigen Wrack, das seit reichlich
einem halben Jahrhundert vor sich hin rostet. Unser zweiter
Eingeborenenbegleiter macht sich am Tonband zu schaffen,
wilde Rhythmen stieben jauchzend übers Boot, das jetzt heftig
klatschend, in voller Fahrt, schwarze Wellen jagt. Bodensee,
Südsee, Afrika, Buschland, das einen packt mit heisser, feuch-
ter Faust. Begleitet von jähen Spritzern, die Eingeborenen ziehen die Köpfe ein, Frau Oberst wird zur Fontäne. Auch mich
erwischt es mehrmals, der Kittel wird zusehends schwerer, ich
halte die Nase in den Wind. Genuss der ersten Stunde. Einige
Inseln links und rechts, hie und da ein Dhoni, schwer beladen,
das Meer pflügend, weisse Schaumkronen mit sich ziehend.
Die Musik dröhnt und klopft, der Hünenberger grinst, und der

Begleiter zeigt die Zähne. Hat er Hunger? In knapp fünfundvierzig Minuten landen wir in Funisland. Smaragdig, türkisblau, weiss und dunkelblau. Vierzig Grad am Schatten, beide
haben wir zwei Salzhüte am Kopf, hocken, bereits ziemlich er-
schlagen, in der Rezeption, uns gegenüber ein fröhlicher,
selbstsicherer Malevi, die Gebräuche der Insel herunterras-
pelnd. Zimmer 101, Blick auf die Lagune mit ihrer unglaubli-
chen Farbe. In der Toilette schtinkts gefährlich, bedrohlich. Es
müffelt wie im Damenklosett von Trubschachen, im Hochsommer, bei vierzig Grad. Nur fahren hier keine Züge, das Klosett
bleibt folglich, für jetzt vierzehn Tage, das unsre. Ich versuche,
das Trubschachige mit einer Überportion Christian Dior zu verdrängen, mindestens zu Boden zu bannen. Für fünf Minuten
gelingts. Hilfreich, ein bisschen zumindest, ist dann die Klimaanlage, kombiniert mit dem Propeller an der Decke. Es ist
Casablanca, halt. Abendessen. Natürlich, auch das noch, ein
Buffet. Davor eine Riesenschlange, vornehmlich schmerbäu-
chig, hängebrüstig, in Adidascampinghosen. Man frisst mit
den Fingern. Frau Oberst greift sich irgendwo, trotz Kellner-
protest, zwei Gabeln. Jedenfalls, als wir uns schliesslich, reichlich missmutig, an den langen Tisch vorgekämpft haben, gäh-
nen leere Platten, verschobene, klebrige Bestecke liegen
verstreut. Ich angle mir mit Not ein Löffelchen Fischcurry. Frau
Oberst schnappt sich klägliche Salatreste. Bei uns am Tisch ein
junges Ehepaar aus Brazzano, vermutlich auf Hochzeitsreise.
Beide bleich wie Weissbrot.

Hitze, Feuchte, allüberall. Das Buffet darunter, über-
glockt. Zunächst, immerhin, ein rechter Frust. Tröstlich: der
Blick ins Blaue, diese Welt, die so unwirklich ist wie Kino oder
das Foto im billigen Nachtklub im Niederdorf, hinten links, davor Plüschsessel. Mich friert. Mich graust ein bisschen. Ob man

Eintritt zahlt? Die Eingeborenen, die Kellner schleichen, gleiten zwischen den Tischen umher, sind auch bleich, im elektri-
schen Licht. Die Lampen im Speisesaal, kombiniert mit Propel-
lern von Kleinstflugzeugen. Die Tischtücher nicht ganz so
sauber. Das Salz klebt, der Pfeffer auch. Ich schlürfe den Cur-
ryfisch.

FUNISLAND. Am andern Morgen, ausgeruht, sieht alles
reichlich anders aus. Helle Weisse, blaue Bläue, Türkis, Sma-
ragdgrün, so funkelt das Meer. Ein langer Steg, draussen zwei
oder drei Dhonis vertäut, darüber weisse, knatternde Flaggen.
Unwillkürlich machen die Augen Schlitze. Blendwerk, unglaublich, wahr. Inselrundgang, zehn Minuten. Bungalows
längs durch das Eiland, vorne und hinten Palmen, dazwischen
Eibischbäume, die aufdringlich blühen, rot, mitunter gelb, ganz
ohne Duft. Der Powerroom befindet sich im Süden, dröhnt un-
unterbrochen vor sich hin, Tagnachtgleiche, gebiert Strom und
Küchendampf, nährt Klimaanlagen und Propeller, Rasierappa-
rate und Discosound. Mittendrin das Verwaltungsgebäude,
dann die Bar, dahinter ein Sportplatz, Reminiszenz an die
Fremdenlegion. Und dem Powerroom vorgelagert die Surf-
schule. Eine Hütte, die Aufschrift »FANATIC«, hingepinselt
vielleicht von einem kalligraphisch begabten Gast. In der Hütte hockt, krötengleich, Reinhard, der blondgelockte, gedrunge-
ne, muskelbepackte, dunkelbraungebrannte Surflehrer, Han-
noveraner. Ein vom Schweiss verflecktes Gesicht, unrasiert,
mittendrin eine höchst unmodische, schwarze Sonnenbrille.
»Tja, einen Grundkurs könnt Ihr schon machen, auch den
Schein kriegt Ihr dann.« Selbstredend sind auch Privatstunden
zu haben. SURFEN. Reinhard steht bis zu den Hüften im Wasser und stösst gutturale Befehle aus.»Segel 90 Grad, Bauch
herein, Brust hinaus, anluuuuven, weeeenden.« Scheisse, ich

krabble wie die Biene am Blütenstrauch, mehr als hundertmal hinauf, stürze ab, schnaufe, ein Walross, im dreissiggrädigen Wasser, hopse aufs Brett, greife zitternd nach der Startschnur.

Frau Oberst segelt wie eine Königin, schon nach zwei Stunden, über den Horizont. Reinhard:»Tja, sportliche Frau hast du da.« Ich hinke, den kleinen Zeh am rechten Fuss verstaucht, dann das rechte Handgelenk, Schnitt in der Ferse, schliesslich drei Zehen am linken Fuss, rötlich aufgeschwollen. Als ichs nahezu ein paar Minuten – reichlich stolz – aufrecht auf dem Brett aushalte, spricht Reinhard von »Stehsegeln«. Immerhin.

Am Mittwoch gehts los, mit dem Katamaran. Der lockige Reinhard, Detlev aus Bielefeld, wir beide. Wind und Flut sind günstig, trotz Übergewicht. Wir gleiten, sirren, schäumen dahin. Drei Mann backbords, einer steuerbords. Zwischen uns das Nylonnetz, ein Brodeln ohne Unterlass. Detlev kriegt mehr als drei Mundduschen, wir quietschen vor Freude und Lust. Das Kielwasser bäumt sich in unendlicher Bläue, kräuselt sich, Pilsner frisch vom Fass. Vor dem Wind gehts ab wie die Post. Nicht ganz eine Stunde, und wir sind in RANNALI, kleine Nachbarinsel, ins Türkis getupft. Kuoni-Plakate, eine Bar, Frau Oberst trinkt BUSYFLUSY, Detlev auch. Gibt glänzige Äuglein. Ein ausgemergelter Franzose legt mir die Tarotkarten, verheisst Glück und Zufriedenheit, für fünf Dollar. Brütende Hitze, Paradiesvögel, Sand wie Mehl. Reinhard flüstert vertraulich mit seinem hier angesiedelten Surflehrerkollegen. Es geht, meine ich, um irgendwelche nicht ganz koscheren Dinge. Reinhard verschwindet. Unter den Kokospalmen wickelt er die Geschäfte ab, kauft Glück ein, direkt importiert aus Nicaragua vielleicht. Der wasserdichte Koffer von Reinhard, immerhin, ist gross genug, steht immer, erfahren wir später, unter Druck. Die

Insel ist zauberhaft. Allerdings nicht fürs Surfen geeignet. Dafür soll es zum Tauchen ideal sein. Wir knallen den Katamaran in die See. Reinhard steuert uns, millimetergenau, durch die Rinne im Riff. Auf nach Fihalohi. Vor dem Wind sausen wir dahin, steuerbords wird das Wasser immer unwirklicher, Farben wie im Märchen, Tausendundeinenacht, Aladinswunderlampe brennt Smaragdtupfer aus der Tiefe, grünlich, bläulich, mehr grün, Meergrün. Wir jagen dahin, Mundduschen noch und noch. Vor allem für Frau Oberst, die kaum nach vorn zu blicken wagt. Das Nylon zwischen den Pontons kocht und schäumt und kocht. Der Wunderkoffer von Reinhard tanzt Walzerträume zwischen uns, festgezurrt übers Kreuz. FIHALOHI. Fest in deutscher Hand. MEIER'S WELTREISEN zeigt die Flagge. Ein drahtiger Surfmensch mit Spiegelsonnenbrille hilft uns an Land. Ich purzle in den Sand. Die Insel: grösser als unsere, nicht sonderlich schön, von der Fauna abgesehen. Der Powerroom im Zentrum, brummelt vor sich hin, stöhnt kleine Explosionen in den Busch. Die Bar. Riesig gross, gottseidank. Brütende Hitze. Tiger Beer aus Singapore. Reinhard und Detlev kauen dicke Hamburger, Diarrhökugeln. Dann wieder im Wasser. Wir kreuzen, jetzt. Nicht mehr ab die Post, kaum noch Wind. Kurs Funisland. Reinhard hilft sich mit Kommandos. »Klar zur Wende«, dann: »REEEEEH.« Detlev und Reinhard jagen wie die Ottern über das Nylonnetz. Und wieder: »KLAR ZUR WENDEEEE.« »REEEEEH.« Und werden zu Rehböcken, zickeln hin und her. Reinhard beherrscht die Marschrichtung. Die »REEE-EEHS« kommen immer öfter, sind stets eine Spur sanfter, schneller, gedehnter, wie Samtpfoten, unvergleichlich fein und musikalisch zuletzt. Reinhard säuselt: »REEEEEEEEEEEE-EH.« Wir wiederholen im Chor: »REEEEEH.« Frau Oberst mit Mundduschen, glitzernder Bauch, wir lachen und glucksen. DAS IST SÜDSEE. HERRGOTT.

Die Luft wird, allmählich, kälter, das Meer wärmer. Platschnass während zwei Stunden. Funisland ahoi. Ein letztes »REEEEEEEEH«, dann hinauf auf die Dünen. Der Katamaran schweigt. Reinhard verschwindet, den Pressluftkoffer in der Rechten.

Nachtessen im offenen Speisesaal. Unser Kellner, ein spitzbübischdunkel lächelnder Maledive, serviert tägliches Einerlei. Chicken und Fish. Beides stets mit Sosse, unablässig helle bis eitrig gelbe Tunke. Fisch gebacken, Fisch paniert, Fisch geröstet und paniert, manchmal mit, oft ohne Käse. Und immer Fisch der gleichen Art und Sorte, hie und da etwas saftiger, meistens aber trocken wie Whiskas. Dazu ohne Ausnahme: Karotten und Bohnen, Bohnen und Karotten, zwei- oder dreimal mit Kartoffeln, heute süss, morgen normal. Wir trinken Wasser und Muscadet, zur Abwechslung Kressmann, weisser Bordo, abgefüllt in Singapur. Vor dem Essen jeweils die obligate Päcklisuppe, Knorr oder Maggi. Zum Dessert, das ich hartnäckig auslasse, Fruchtsalat, Pudding oder Konfitürenroulade. Schliesslich Kaffee, der erstaunlich schwarz ist, mit Pulvermilch (Kühe gibts, von gewissen Gästinnen abgesehen, keine).

Der Pächter und Chef isst neben dem Eingang links, zusammen mit seiner deutschen Lebensgefährtin. Anstandsregeln kennt er nicht, dafür trägt er, über den Tisch gelehnt wie ein Orangutang, eine PIAGET (Provision von Kuoni?). Über zehn Tische hinweg hört man ihn schlürfen und mampfen, Gino Barbatti nicht unähnlich. Wir sind eingekreist von Nordländern, tätowierte Nachwikinger, die dem Alkohol, weil verhältnismässig billig, mit dumpfer Fröhlichkeit energisch zusprechen. Rechts von uns trägt so einer ein T-Shirt, beschriftet mit »SHIT HAPPENS«. Passt ihm ausgezeichnet.

Beuys ist auch da. Trägt zerfranste Jeans und Hut, tagein tagaus, begleitet von seinem Erdbeeri: eine vielleicht dreiundzwanzigjährige Frau, einhundertvierzig Kilo Lebendgewicht, ein Hinterteil, mit dem man leicht die Diebold-Schilling-Chronik pressen könnte oder Goldmanns Universallexikon in hundert Bänden. Die Brüste wallen zwei Riesenquallen gleich über ihren schmerigen Bauch, ein Beuyssches Fettriff. Möchte wissen, wo der Reinhard hier seinen halben Igel fände.

Später an der Bar, wo die Eingeborenen mit den Rechnungszetteln, alles von Hand und im Doppel (Blaupause), herumeilen. Kubalibre, doppelte Cassis-Liköre – für Frau Oberst – und Cherry-Brandy. Über uns der klarste Sternenhimmel, den es überhaupt zu geben vermag, und ein waagrecht äquatorisch beschienener Neu-, dann Halbmond. Wind und Wärme, auch nachts.

Ausflug nach Male, Hauptstadt der Malediven. Sechsstündige Dhonifahrt, mit Nachwikingern, dem stolzen Steuermann und drei weiteren einheimischen Besatzungsmitgliedern. Heraus aus dem Atoll, schwere See. Wir rollen und stampfen. Gischtfetzen, Touristenschreie. Die schwedische Reiseführerin mit dem Giraffengang geht in Deckung. Dann Schlagseite, weil männiglich steuerbords hockt, einigermassen geschützt vor weiteren Duschen. Male. Die Moschee mit goldener Kuppel blinkt aus hellem Dunst. Auch kleine Rauchfetzen sind zu erkennen, Sandrauch. Im Hafen herrscht ein geordnetes Durcheinander. Wir legen an, an einer unfertigen Mole, balancieren über rostige Planken und stehen mitten im Stadtpark. Dürftiges Gras mit »Keep out«-Tafeln. Herumlungernde Maledivi. Das ist der Marine Drive. »Drive« ist nun doch etwas übertrieben: schon eher Bachbett, einige Steine, darüber Sand, reichlich holprig. Das Hauptverkehrsmittel ist offensichtlich das Fahrrad, englischer Typ, schwarz und mit Rücktritt, ohne Glocke. Wir sind jedenfalls gut beraten, wenn wir uns möglichst an den Strassenrändern bewegen, links oder rechts ist einerlei. Trotz offiziellem Linksverkehr fährt man hier, wie es grad geht oder fährt. Dazwischen, hie und da, Gehupe eines der wenigen japanischen Autos, das sich ungeachtet der konkreten Verhältnisse, kreuzend wie ein portugiesischer Segler, den Weg bahnt. Das Stammhaus der Familie des ersten Präsidenten der Malediven, Amin Didi, hätten wir fast übersehen, eine rissige Hütte im Nierenstil. Auch die Hukuro Miskit, die bedeutendste Moschee, ist nachgerade ein Prunkstück nicht. Der untere Teil ist zwar in der Tat interessant, mit Runen und anderen Zeichen geschmückt und verschnitzt. Dann aber das Dach, owei. Das wurde vor kurzem ersetzt. Blechbahnen, wie sie schöner bei unseren Alphütten auch nicht sind. Alles ist da halt eine Frage des Platzes, der jahrein jahraus gleich gross bleibt, woran auch der Nationalheilige Abu-I-Barakat Yussef Al-Barbary nicht viel zu ändern vermochte. So entpuppt sich Male alsbald als eine Art »Swiss miniature«, in der nichts als gefahren, gehupt und gestäubt wird. Selbst der schwerbewachte Präsidentenpalast ist nicht grösser als die Raiffeisenkasse in Hünenberg. Das Nasandhura PALACE HOTEL ist von gleicher Sorte. Alles ist mehr denn schäbig, abgetragen, vom Salzwind verklebt und verbraucht. Immerhin gibts ein TIGER-Bier. Frau Oberst kauft Pommes zum Preis von sageundschreibe zehn Dollar, die wir hungrig im Schatten einer angefaulten Palme in der Palace-Bar verknabbern.

Später wieder im Hafenviertel. Eine halbblinde Grossmutter präpariert mitten im Gewimmel Betelbissen, gibt mir eine Nussscheibe zu probieren. Pfui Teufel, meine Zunge zieht sich zusammen wie ein nasser Teebeutel an der Mittagssonne.

Übrigens: so ungefähr dreiundvierzig Grad ist es jetzt schon. Um uns herum die verschiedensten Gerüche, Gewürze, Teer, Benzin, Fäulnis. Dann der Sandstaub, geschrieenes, geflüstertes, gezischtes Divehi, eine Sprache, die aus lauter Konsonanten zu bestehen scheint. Vor uns eine lange, geduckte Häuserzeile. Eingeborenenhotels, Lagerhäuser, ein Lazarett, vier oder fünf Gerichtsgebäude, selbst ein Court of Summary Actions fehlt nicht, sieht indes nach sehr summarischen Verfahren aus. Ausserdem: das Gesetz ist der Präsident, und wer Geld hat, dem ist das Gesetz hier mit Sicherheit gewogen. Trotzdem, auch eine Anwaltskanzlei fehlt nicht, ein dunkles Loch, von Neonröhren erhellt und mit Bundesordnern vollgestopft. Den Gebäuden vorgelagert die Hafenmolen, Hunderte von Dhonis, ständiges Be- und Entladen, im trüben Wasser taucht ein Malevi.

Zurück zum Marine Drive, in die Moschee. Ein feister, weissgewandeter Tempeldiener eilt uns haarlos entgegen. Sogar Frau Oberst darf den tristen Betonbau erklimmen, ohne Schuhe selbstredend. Ein Foto lässt er uns auch machen, allerdings nur gegen Entgelt. Er streckt die Finger, formt das Schwurzeichen, was soviel wie 3 Dollar bedeutet. Sobald der Diener das Geld hat, verlässt er uns, eilt den nächsten Weissen entgegen, die Hände hinter dem Rücken, bereits wieder zum Schwur gespreizt. Schliesslich im Sultansgarten, kägliche Vegetation, rührend drapiert, mittendrin eine verrottete, aber immerhin elektrische Kinderschaukel (Geschenk der englischen Königin?). Daneben das Museum, geschlossen, ein paar portugiesische Feldschlangen vor der Türe.

Im Dhoni gibts Cocacola, Käsesandwiches, Eier. Wir stechen ins Blaue, wenden uns ab, nicht ganz unfroh.

Ich freue mich aufs Nachtessen: Languste. Adrett gedeckter Tisch, für zwei Personen. Den Wein muss ich viermal bestellen. Schliesslich fragt uns der Kellner, ob er die Flasche bereits öffnen soll. Die Languste kommt. Eine SCHAMPINIONLANGUSTE. Das Fleisch wurde zuerst ausgelöst, in Sosse gewendet, gut eingeschmiert und schliesslich wieder in den Panzer gelegt. Hallihallo. Eidergrausundalleteufel. Immerhin: Ich hab was zu essen, was für Frau Oberst nicht zutrifft. Hier ist die Welt noch in Ordnung: Den Frauen bleibt höchstens das Zuschauen. Jedenfalls schimpfts ein bisschen, neben mir, auf Schweizerdeutsch. Nach langem Hin und Her gelingts uns, die Speisekarte zu erhaschen. Frau Oberst bestellt ein Chicken-Curry und wartet und wartet. Derweil erkaltet meine Schampinionblume leise vor sich hin. Hunger ist der beste Koch.

Nach dem ohnehin schon frustrablen Essen stellt der Kellner fröhlich fest, dass er das Wasser zu bringen vergessen hat. Trost oder Schadenfreude?

Wir surfen wie die Wilden, mindestens ich, was die Wildheit betrifft. Rechtes Handgelenk, dann beide Füsse, die Schienbeine und schliesslich eine Rippe. Alles Teile, die innert Kürze, quasi im Stakkato, an meinem Leib beschädigt werden. Da sind meine Mitsurfer doch etwas besser dran. Wiewohl auch diese, hie und da, kleine Schäden nicht vermeiden können. Ungerührt röhrt Reinhard täglich seine »AAANLUUUUVEN«, »AABFAAAAALLEN«, »EIIIINE WEEEEEENDE«, »PASS AUF, DAS RIIIIIIFFF«. Nur an Detlef hat er nichts oder fast nichts herumzuschreien, der segelt wie ein junger Gott am Horizont hin und her, unter sich die Haie. Nachts träume ich vom Tricksurfen, vom Flugsurfen, vom Show-Gleiten und von Reinhard, der mich einen Stehsegler schimpft.

Unsere Bungalow-Nachbarn sind richtige Brathändel. Das jungvermählte Schwedenehepaar liegt in friedlicher Gemeinsamkeit während gut acht Stunden pro Tag an der Sonne, bleibt dabei weiss und sehnt sich nach dem Solarium in Göteborg.

Dhonitrip nach GURAIDU, die, so heissts auf dem Anschlag, »Fischerinsel«. Ein Eingeborenendorf, etwa zehn Kilometer nördlich von unserer Insel gelegen. Mit voller Kraft voraus, im Türkisblau, die »Funisland«-Flagge knattert lustig am Heck. Zwanzig Schweden, fünf Österreicher und wir beide. Die Österreicher: frisch der Feder von Otto Dix entschlüpft. Später, auf der Eingeboreneninsel, trampeln sie herum wie vollgesogene Engerlinge, schnattern laut und verhalten sich auch sonst, als wäre hier nur Steiermark. Die Häuser, ganz aus Korallen gebaut, sind klein, eher Hütten, der Eindruck von Sauberkeit herrscht vor, von der Anlegestelle abgesehen. Dort türmt sich meterhoch Touristendreck. Auf der Inselostseite der öffentliche Abort, man hockt sich ins Meer – und ab gehts. Die linke Hand tut den Rest weg. Draussen blinken die Korallen, die Lagune blendet. Die dörfliche Hauptstrasse ist gesäumt von Souvenirläden, besser: Andenkenschuppen. Die Anbieter sind wie Schlepper, um jeden Preis wird hier verkauft. Frau Oberst ersteht eine Fischknochenkette, vermischt mit Schildpatt (pfui). Die Kinder schreien »BonBon« oder »Fotofoto«, natürlich gegen Dollars. Das Paradisenow ist auch hier stark am Verbleichen, Zivilisationskaries allenthalben. Schade? Hie Geld, hie Paradies, oder.

»Die Atollkette der Malediven liegt vierhundert Seemeilen von der Spitze Südindiens und Ceylons entfernt. Sie bildet die grösste und eindruckvollste Riff-Formation der Erde. Geformt wie ein Kollier, das mit annähernd zweitausend Eilanden gekrönt ist, erstrecken sich die Atollringe über eine Länge von siebenhundertsechzig und eine Breite von einhundertdreissig Kilometern. Der Archipel der Malediven gehört zu den Weltwundern. Erschaffen von winzigen Tieren, den Korallenpolypen, schiebt er einen natürlichen Riegel in den Seeweg nach Indien, zu Recht gefürchtet von Seefahrern aller Zeiten ...« (aus:»Malediven«, Collection Merian).

Da hat der Autor wohl den Reinhard vergessen. Selbst bei Nacht »knallt« er rundherum auf allen Inseln, wo Live-Bands spielen, jagt den Katamaran, bleich vom Mond beschienen, über die gefährlichsten Riffe, mit gespreizten Ohren, das Knirschen quasi im Gefühl, Koks und Fahrtwind in der Nase und den scheinbaren Wind – das gibts tatsächlich – mitten auf dem Kurs.

»Rrrrrreeeeeeeeeeee.«

Am vorletzten Abend unserer insularischen Existenz kredenzt der Bodukaka, der Küchenchef, ein Beachbarbecue. Am Strand sind riesige Planen ausgebreitet. Dazwischen Palmenblätter, gedörrt. Tische an einer Front, darauf Fisch und Salate.

Heute schmeckt der Merlin ausgezeichnet. In seine Augenhöhlen hat der Bodukaka ohne viel Federlesens ein paar eingemachte Kirschen gepfropft, aus dem Maul tropft eine Verzierung aus Heinz-Sosse. Der Blanc de Blanc ist mindestens 15 Jahre alt, nicht unähnlich einem abgestandenen Malaga aus Grossmutters müffelndem Aussteuerbuffet. Mitten in den Planen hockt Reinhard mit überfülltem Spaghettiteller. Wir verziehen uns auf die Veranda unseres Bungalows: ROOMSERVICE.

Dann, ja dann: der letzte Tag. Surfprüfung im Coffee-
shop. Mit schmerzender Rippe und angeschlagenem Handgelenk beantworte ich tapfer die grosskantönig formulierten Prü-
fungsfragen. Wer mogelt, zahlt einen Zuschlag von fünfzehn
Dollar. Oder einhundertzwanzig Rupien.

Der Prüfungsbogen segelt ins dreissig grädige Wasser,
halb ausgefüllt, ungemogelt. Frau Oberst springt nach, weil
meine Rippe, au, das nicht zulässt, und die gequetschten Hoden auch nicht. Der Bogen trocknet, ich mogle weiter. Reinhard
macht das Knopfexamen: Palstek, die Schlange mit dem Brunnen, Schootstek, Reeeeehhhhh, bestanden. Diplomübergabe
um 13 Uhr, doppelter Campari mit Eis und Wasser. Frau Oberst
leidet unter Diarrhö. Reinhard verteilt Salztabletten, er geht
demnächst nach Jamaika, seine Unterschrift heisst: Engelke,
der blonde Engel. Wir hauen ab, nach Hünenberg, zu Furrers
Cordonbleu, Ketschöp und Pommes, immerhin, im Dhoni, in
den Sonnenaufgang und ungeahnte Bläuen.

»Un membre de groupe Swissair«, eine – ehemals – beruhigende Anschrift auf der CTA-Maschine, die ich Gott sei Dank mit geleerter Blase besteige. Ein Herr vor mir, dunkle Haut und schwarzes Haar, offenbar ein Inder, verlangt nach Koscherem. Ich trinke Champagner, dazu Mandeln, übertrockene Salzstengel. Abgehoben nach Polenland. Es ist Freitag.

In Warschau gelandet, die Stadt, die ich bislang nur vom Radio her kannte. Ich erinnere mich an einen monumentalen Philips-Empfänger, gearbeitet in heller Esche, den mein Vater im Jahre 1952 anschaffte. Die einzelnen Radiostationen waren, auf einem gläsernen Suchbild, mit goldenen Lettern aufgedruckt, von hinten grünlich beleuchtbar, darunter Warschau, neben Wien, Beromünster, London, Prag undsoweiter.

Prima vista, wie erwartet, der arme Osten. Im Innern des Flughafengebäudes riecht es nach allerlei Exkrementen, der Boden wurde mit einem sandigen – vermutlich sowjetischen, mindestens aber landwirtschaftlichen – Putzmittel aufgenom-

men. Vor dem Flughafengebäude zwei Mercedes, mehrere
Cars. Die Karren der Portiers, nicht aber diese, sind offensichtlich Mangelware. Gut, über eine staatlich indoktrinierte Reise-
leiterin von der Firma Orbis zu verfügen. Eine kleine, energi-
sche Generalin, dirigiert sie die Portiers mit unseren Koffern
zum weissen, modernen Westbus. Auf dem Weg in die Stadt,
vorbei auch am 227 Meter hohen Palast der Kultur- und Wis-
senschaft, 1955 von der Sowjetunion dem polnischen Volk ge-
schenkt; Zuckerbäckerstil, Schandmal. Herr Adjutant, unser
Führer, erklärt die Situation. Das gebeutelte Polen, reich an
Kunst, im Wortsinn und solcher, die man zum Überleben
braucht. Das Hotel Forum mit dreissig Stöcken, mitten in Warschau, von Schweden erbaut, jetzt umlagert von Zigeunerin-
nen und Wechselhaien. Das Zimmer im 29. Stock erinnert an
Drittweltland, die Aussicht ist überwältigend, die Badewanne
passt nicht, und die Duschbrause lässt sich nirgends befesti-
gen. Ich lese, mit dem Blick zur Strasse, »twoja gra«. Irgendeine Reklame, geradeaus vor mir ein Innenhof mit Bäumen,
Mietskasernen, gebaut in den fünfziger Jahren und völlig heruntergekommen. Ich denke unvermittelt an die Bronx. Ein
blutrotes Tram, schwarzes Dach, kaputte Scheiben. Die Leute
bewegen sich gemächlich, dumpf. Auf einem Blechdach liegen
die Reste einer Leuchtreklame. Ich bin erstaunt über die vielen
Autos, ein Verkehr fast wie bei uns. Die Art, mit Höfen zu bau-
en, scheint weit verbreitet zu sein, es erinnert mich an die
Hirschmattstrasse in Luzern. Danebst viele Hochhäuser, schnell
hochgezogen, von einigen westlichen Spekulanten wahrscheinlich, am Horizont ein Verbrennungsofen. Das Mobiliar
im Zimmer ist spärlich. Ein geblümter Teppich, darauf Nieren-
tischiges, immerhin ein Fernseher. Das Bett quietscht fürchterlich, ungeeignet für ein verliebtes Paar. Warschau liegt inmitten der masovischen Tiefebene, gleichsam das Herz Polens,

erst um 1600 zur Hauptstadt bestimmt. Im Reiseführer steht viel von der deutschen Okkupation, der Zeit blutigen Terrors und der Ausrottung grosser Teile der Bevölkerung. Mindestens achthunderttausend Menschen, die Hälfte der Einwohner, fielen den Ariern zum Opfer. Es wurden Denkmäler, Kunstwerke, Büchersammlungen, Archive, Museen vernichtet, zerstört, ausgeraubt.

Nach 1945 wurde die Hauptstadt wieder aufgebaut. Die Rekonstruktion der historischen Baudenkmäler, so der Reiseführer, »kann als gelungen bezeichnet werden; sie fand internationale Anerkennung«. Man blieb katholisch. Die Inflation grassiert. Für einen Schweizer Franken erhalten wir sechstausend Zloty. Zwei Mineralwasser und ein Bier kosten, inklusive Zimmerservice, etwas mehr als zwei Franken. Inbegriffen Klimaanlage, weshalb das Fenster, so heisst es, nicht geöffnet werden soll, auf was ich denn auch, im 29. Stock, gern verzichte.

Nachtessen im Restaurant Bazyliszek am Rünek Starego Miasta. Die enge Bestuhlung führt zu unfreiwilligem Körperkontakt. Meine Nachbarin, Frau K., erlebt mich intensiv als Linkshänder. Das Essen ist mässig, aber immerhin. Die Gläser gefüllt mit Wodka, später Franzosenwein, von irgendwo importiert, vielleicht von der Sowjetunion.

Nachtspaziergang durch den menschenleeren Saski-Park, über die Marszalkowska-Allee, vorbei am stalinistischen Unterdrückungshaus, das, jetzt noch gräulicher, immerhin aber einer Kathedrale nicht unähnlich, die Türme in den dräuenden Warschauer Himmel reckt. Bier im Hotel. Wir kaufen zwei Büchsen Kaviar – Beluga – zu je fünfzehn US-Dollar. Orangefarbene Tischtücher.

Die Sonne blendet mich, sticht unerbittlich in mein schrä-
ges Bett. Im Car zum Nationalmuseum, Benito-Architektur,
Säulen wie Reitstiefel, der Springbrunnen entleert sich, korri-
gierender Gegensatz, leicht schräg in den Hof hinaus. Herr Adjutant doziert, noch vor geschlossenen Toren, polnische Geschichte, spricht von den arischen Gräueln und den nationalen
Heldentaten der tapferen Polen, etwa dem vergrabenen Hero-
enbild, das die Deutschen mit gewohnter Akribie, gleichwohl
aber vergeblich, suchten. Im Museum riecht es nach Petrol;
überall stehen verstaubte, blassblaue Ventilatoren älterer Bau-
art. Die Aufsichtsfrauen verhärmt, mit Ausnahme einer jungen
polnischen Dame mit einem unanständig kurzen Rock, die den
Eingang zu einer Expressionistenausstellung hütet. Ich kaufe
einen Katalog, umgerechnet zu fünfzehn Rappen. Frau L. alias
Brosme schleppt immenses Gepäck, Mutter Courage. Ich frage
mich, weshalb sie ihre gesamte Habe mit sich trägt (ein Habe-
rer oder allzeit bereite Aufstandsflucht?). Erhellend, dass hier
immerhin jetzt Parteikunst fehlt, allerdings ist auch Gegen-
wartsopposition nicht vertreten. Und immer wieder: Petrol-Ge-
stank, mit Sand gescheuerte Fussböden. Im Hochsommer wohl
kaum auszuhalten.

Zurück im Bus, über die russische Brücke, direkter Weg
nach Russland. Wir biegen ab, zum Königsschloss Zamek Kro-
lewski. Gesprengt im Herbst 1944 durch die Grosskantönler, ist
es jetzt wieder – in frühbarocken Formen – aufgebaut, der polnische Wilhelm Tell quasi. Finken fassen. Überall gut bewach-
tes Blattgold, der Eindruck einer leeren Hülse, gleichwohl aber
Symbol genug. Der Führer ist augenscheinlich Nationalist,
schimpft, wer verstände das nicht, bei jeder Gelegenheit über

die deutschen und sowjetischen Aggressoren. Wir gleiten, filzbeschuht, durch die Privatkapelle, den alten Audienzsaal, den Canaletto-Saal, das königliche Schlafzimmer (ohne Bett), die Garderobe, das Studierzimmer, den Ballsaal, den grünen Salon, den gelben Salon, den Rittersaal, den Thronsaal und das Konferenzkabinett. Irgendwo ein französisches Pult, Geschenk von Mitterand. Dann die deutschen Bohrlöcher, wo seinerzeit das Dynamit platziert wurde; man liess sie beispielhaft offen, zur Freude unseres Führers und zur Orientierung des Publikums.

Die Sonne scheint, wir bewegen uns zur Altstadt. Hinten links die wiederaufgebaute Sigismund-Säule, umrundet von allerhand Jungvolk. Vor der St.-Martins-Kirche eine junge Frau mit Klumpfuss, in der rechten Hand, zwischen zwei annähernd schwarzen Fingern, eine Zigarette, in der linken ein Kamm, der unablässig über die blonden, ausgelaugten Haare fährt. Darunter ein paar stumpfe Augen. Markt. Kleinverkäufer, hie und da ein Besoffener. Kaufe verbleichte Karten, darauf das Forum Hotel, die Verkäuferin gäderig, ärmlich, bleich. Im Hintergrund Marlboro-Schirme. Ansonst dürftige Geschäfte. Wenig ist den Polen geblieben. In den Kaffeehäusern Grünzeug, Schwiegermütter vor allem, vermischt mit Gummibäumen. Ich denke an die fünf Millionen Arbeitslosen. Man erwartet die Explosion für den Herbst. In der UI Jeznicka 6 Mittagessen im Restaurant Swietoszek. Krabbensalat, Butter in Wurmform, den ich mit Rettich verwechsle. Mehrere Damen sind auf Bernsteinkettensuche. Toni S., den Bauch festgezurrt mit Appenzellergurt, möchte eine Silberkette kaufen, massiv, das Geld fehlt. Salat mit Kartonsosse, Fleischvogel, Hirse (?), eher fremd gewürzt; dazu ein Blanc de Blanc; der Rote ist ein Montagner.

Das jüdische Denkmal im ehemaligen Ghetto, wo im
Aufstand 43 mehr als vierhunderttausend Menschen starben.
Anschliessend Besuch bei Kaplan Popieluszko, dem vom polni-
schen Geheimdienst am 19. Oktober 1984 ermordeten Priester.
Ein eindrucksvolles Denkmal, in Rosenkranzform, bewacht von
Solidarnosc-Leuten. Überdimensionale Gebetskugeln, drapiert
in der Form der polnischen Landesgrenze, meint Herr Adju-
tant.

An der Weichsel. Immens, braun, weil verdreckt. Trotzdem badet man. Viel Grünland, das bei uns schon längst ver-
spekuliert wäre. Hie und da Betonbauten, zwischen den Pflas-
tersteinen wächst Gras.

Die polnische Misere.

Zurück zum Hotel. Zur Bar wird mir der Zutritt verwehrt,
wegen der Jeans. Die Form als Schicksal oder falscher Stolz
oder die Anweisung des Apparats für Touristen. Oder etwa das
Buch des goldenen Anstands, in einer Zeit, die schlichtweg ste-
henblieb, wie die Pflastersteingräser. Toni S. hat den Fotoapparat verloren, es sei ja nur ein billiger gewesen.

Abends Hauskonzert im Palais Ostrogski. Chopin Rezital
auf Steinway, dahinter Teresa Rutkowska, das Kinn nahezu auf
den Tasten. Polnisches Temperament. Frau Rutkowska zaubert
die Polonaise cis-Moll, Opus 26, No 1, an die Decke. Hierauf
zwei Walzer, drei Mazurken, eine Ballade As-Dur, Opus 47, die
Nocturne cis-Moll, Opus postum, zwei Etüden. Bei den Zugaben viel Applaus, Toni S. ruft lauthals: »Wie ein Täubchen.«
Gegen den, leider verschwundenen, Park hinaus ist ein Fenster
geöffnet, Blick in eine Birke, Abendhimmel über Warschau, der

Saal ist gewaltig. Teresas Augenaufschlag klebt an einer Chopin-Büste, Dankbarkeit gegenüber dem Meister, praktisch keine Fehler gemacht zu haben. Sie verbeugt sich mehrmals in unsere fleissigen Ovationen hinein, verpackt wie ein Weihnachtsgeschenk von Jelmoli, oder auch: ein Osterei. Goldlamée-Bluse, schwarz getupft, hinten eine gewaltige Rüsche, vielleicht mit Nadeln und fahrigen Fingern vor dem Konzert eilig nervös drapiert. Jedenfalls stimmt etwas nicht. Nochmals Zugabe. Das Herz geht über. Irgendeine Etüde, das Licht verblasst im Saal.

Kubin, die andere Seite.

Augenschein in der Neustadt. Unglaublich, aber wahr, eine – eher im Quantitativ – gewaltige Wiederaufbauleistung. Dafür, mangels Lokal, kein Apéro. Das momentan einzige Gefährt in der Altstadt ist eine knarrende Kutsche, das Pferdegetrappel hallt von weit her. Ich schaudere, es könnte jetzt gut auch das Jahr 1890 sein.

Die junge Frau kämmt unablässig ihre schütteren blonden Haare.

Zum Nachtessen, wiederum im Swietoszek. Blinis mit Kaviar, dazu ein Fisch, mit viel Teig bemäntelt. Bruno und Frau Oberst essen Krep Süsett, einem Bananensplit nicht unähnlich. Côte du Rhône, weiss und rot, der alsbald ausgeht. Hierauf EG-Wein, etikettiert: »Verschnitt aus Weinen verschiedener EG-Länder.«

Nachtspaziergang, zum Hotel, ausgestorbenes Warschau. Wiederum Kubin. Herr Adjutant kauft in der Post, um

1.30 Uhr, dreihundert Briefmarken. Auch hier Gummibäume und Schwiegermütter. Grau, durstig, staubig. Hie und da ein Betrunkener, Business-Sex-Damen. Viele Taxis, auf was und wen sie warten, weiss man nicht. Überall Kopfsteinpflaster, aus denen die Ruch-Läden ragen, eine Art staatlicher Kiosk, mit Dingen, die man nicht braucht, schummrig beleuchtet, leer, schmutziges Rosa.

Warschau. Die Stadt jetzt: eine Betonwüste, Resultat eines rührigen Wiederaufbaus, ohne Mittel und mit wenig Sorgfalt, mit Hilfe und Einfluss der – ebenso mittellosen – Sowjets. Man sieht, die Altstadt und das Schloss vielleicht ausgenommen, die überbaute Ruine, und was die Deutschen und die fahrige Wiederaufbauerei, letztere durchwegs mittels schlechtem Beton, nicht kaputtgemacht haben, erledigte die Planwirtschaft, endgültig. Das menschliche Leid war nicht nur im Krieg unermesslich.

Und was macht unsereins? Wir sind ziemlich hilflos, ob der drückenden Not vergisst man selbst die Frage nach dem Preis von Milch und Brot. Oder ist das bloss eine Zeiterscheinung, blinde Zufrieden- und Vollgefressenheit?

Die Leute auf der Strasse. Nicht anders als wir. Ärmlicher gekleidet zwar, stiller, kaum fröhlich (sind wir fröhlich?). Sie wirken menschlicher, in ihren Bedürfnissen, wir würden sagen: tierischer oder primitiver. Not macht pragmatisch; wenn es um den Hunger geht, wird nicht lange gefackelt. Nicht, dass es eine Nacht der langen Messer wäre, beileibe nein, aber weit davon entfernt scheint man nicht zu sein. Begreiflich, wenn selbst die Möglichkeit, ein Bett zu finden, zur Tages- oder Dauerarbeit wird. Ich stelle mir vor, dass in den zumeist Ein-, bestenfalls Zweizimmer-Wohnungen ganze Sippen hausen, die, dicht gedrängt, das einzige Bett in Schicht beschlafen. Andererseits: Ohne Sippe ginge es nicht. Einer allein vermöchte seine Hand kaum zu füllen.

Polen, ein Entwicklungsland. Das nämliche Polen, das uns stetig, seit Hunderten von Jahren mit unerhörten Vertretern seiner Intelligenz beschenkte; Kopernikus, Madame Curie, Chopin, Rubinstein – die Reihe liesse sich leicht ergänzen. Angesichts solcher Potenz kommt es nicht von ungefähr, dass, neben den Deutschen, auch die Russen ganz und gar nicht untätig blieben. Das unlängst entdeckte Massengrab mit Hunderten – oder waren es Tausende? – Offizieren der polnischen Armee geht nachvollziehbar auf das Konto von Stalin. Gleich wie Hitler wollte auch er die Elite vorsorglich beseitigen. Nur Arbeitskräfte waren gefragt, zumal diesen, einigermassen hungrig gehalten, kaum der Sinn nach Aufstand steht. Es ist eine Eigentümlichkeit der Befreier und Besatzer, dass sie die Rechnung stets ohne den Wirt machen. Dass ein anderer, nämlich das Volk, einmal eine Rechnung präsentieren könnte, wird erst gar nicht in Betracht gezogen. Aber nicht nur das ist ein Fehler; es sind deren viele andere noch, beispielsweise, dass man zu viele Märtyrer schafft. Na ja.

Nach Lodsch. Viel Landwirtschaft, dazwischen Industrie, kaputte Fabriken, Wohnsilos, Sozialzunder, man hört es knistern. Tröstlich: die Grüngürtel um die Arbeiterhäuser.

In Lodsch die Jahrhundertwende. Ausgezehrt, aber immerhin noch vorhanden. Textilbaronenatmosphäre. Jugendstil, Art Déco, Postmoderne auch, in ihrer Phantasielosigkeit ein Graus, alles ist schwarz. Die modernen Wohnhäuser noch verfallener als die Bauten von 1890. Löchrige Strassen.

Es beginnt zu regnen. Fast neunhunderttausend Menschen leben heute hier. Einhundertundsiebzig Grossbetriebe
mit über zweihunderttausend Arbeitern, mindestens vierhundert Schornsteine, darüber ein graugelber Schleier; er würgt
die Stadt. Das Kunstmuseum im Hauptpalast der Poznamskis.
Viele ausländische Expressionisten, beispielsweise Emil Nolde
und Fernand Léger. Der Direktor weiss viel zu erzählen, ein
sympathischer Mann, motiviert hier zu sein, weil er öfters kann,
in den Westen. Das Ganze sehr eindrücklich, die Wurzel liegt
im Jahre 1927, die Idee von fünf Künstlern, eine Sammlung aus
eigener Kraft zu begründen. Neben Strzeminski, Taeuber Arp
und Seeligmann. Wir schliessen uns der leidlich Englisch spre-
chenden Custodin an. Unter uns Brosme mit Schlafsack. Poz-
nanski, ein Lodscher Jude, der sich vom Leiterwagenklein-
händler zum Textilbaron hinauf schuftete, vor 1930 natürlich.
Im zweiten Weltkrieg residierte in diesem Museum die Waffen-
SS. Stiefelgepolter stand vor dem Kulturgeflüster, ich höre das
Brüllen, die Schreie, lang gezogen, hoffnungslos, unendlich,
das Gelächter der sadistischen, dreinschlagenden, brutalen
Schlachtergesellen.

Mittagessen im Grand Hotel. Orbis-Betrieb, die Bedienung also langsam. Wein gibt es nach langem Warten. Heisser
Randensaft als Vorspeise, dazu ein leidlicher Wurstweggen.
Salat, wer will, mit Maggisosse. Über allem ein säuerlicher Geruch, Gemisch aus Küchenabfall, tranigem Fett und Möbelpo-
litur. Der Weisswein kommt. Blanc de Blanc, französischen Ur-
sprungs, importiert aus Dänemark, fürchterlich überzuckert
und nach Zapfen riechend, »Fleur de Lys«. Bruno ist begeistert.
Der Zapfengeschmack ist reziprok zur Wärme. Hauptgang:

Filets auf Ananas und darunter Brot, Pommes Frites, Pilze aus der Büchse, bräunlich angegart. Die Damen erhalten, quasi als Kulisse, ein riesiges Salatblatt auf den Teller. Die Sosse ist undefinierbar. Zum Dessert Erdbeeren mit Sahne. Bruno isst mit Spitzbubenblick.

Polen, die Allgegenwärtigkeit des Zweiten Weltkriegs, vergleichbar vielleicht mit den Ardennen.

Das Arbeiterleben in Lodsch ist hart. Mehrmals waren es, letztmals im Sommer 1981, die Arbeiterfrauen, die – um einiges engagierter als ihre Männer – zu Zehntausenden auf die Strasse gingen, um für eine Verbesserung der Lebensbedingungen zu demonstrieren. Lodsch, die Stadt als Musterbeispiel des aufstrebenden Kapitalismus im 19. Jahrhundert. Den jüdischen Friedhof haben wir nicht besucht. Es fehlt die Zeit. Dort liegt übrigens Izaak Hertz, und auch die Sachs-Familie hat ein Denkmal.

Im Pissoir des Grand Hotel schon fast unerträglicher Uringeruch.

Nachmittags nach Krakau. Industrieland. Förderbänder kilometerweise, Kohlenkombinate zuhauf. Immer wieder ärmliche Häuser, zum Teil mit Stroh gedeckt, eine neue Siedlung gänzlich mit blaugestrichenen Blechdächern. Meine Füsse sind geschwollen. Der Bus-Chauffeur kämpft mit dem Schlaf, was sich auf die Gasgebung auswirkt. Der Motor röhrt in unregelmässigen Abständen, auf und ab. Um uns oberschlesische Trauer. Industrierevier, das angeblich industriell und landwirtschaftlich einen wichtigen Beitrag zur polnischen Wirtschaft leiste. Coca-Cola-Pause.

In Krakau. Hotel Forum. Nachtessen mit Kaviarkauf. Zur Vorspeise gibt es vertrocknete Heringe, dürftig begleitet von einer Tausend-Insel-Sosse. Am Tisch braten wir in grossen, mit Öl gefüllten Pfannen rohe Fleischstücke. Wodka und Franzosenwein. Ungemütliche Saalatmosphäre. Symptomatisch: das Telefonverzeichnis im Hotelzimmer mit den internationalen Vorwahlnummern weist für die Schweiz sieben Städte aus, darunter St. Moritz (!).

»Die Elektrizitätsversorgung erfolgt mit 220 Volt Wechselstrom. Da es ab und zu Stromausfälle gibt, empfiehlt sich die Mitnahme von Taschenlampen.« (DuMont-Kunstreiseführer.)

Nachtspaziergang. Über die Weichsel, zum Krakauer Hauptmarkt. Menschenleer, beeindruckend. Unverkennbar orientalische Einflüsse, so weit und gross, dass es mir den Atem nimmt.

Anschliessend Bier oder bulgarischer Sekt.

Im Bett lese ich im Reiseführer, zum 2. Weltkrieg: »Die Jahre der deutschen Okkupation waren für Warschau eine Zeit blutigen Terrors und der Ausrottung eines Teils der Bevölkerung. Die Stadt erlitt gewaltige menschliche Verluste (die Hälfte der Einwohner) und enorme materielle Schäden. Als Reaktion auf die von den Deutschen inszenierten Massenhinrichtungen von Geiseln, auf Zwangsarbeit und Deportationen in die Konzentrationslager nahm ein grosser Teil der Bevölkerung an der Widerstandsbewegung teil, die alle Lebensbereiche erfasste ... Ab 1941 verstärkten sich die Kampfhandlungen der Untergrundorganisationen. Die seit 1940 im Ghetto zusammengepferchte und zum Tod verurteilte jüdische Bevölkerung griff im April/Mai 1943, nachdem schon über 300'000 Menschen in

Treblinka ermordet worden waren, zu den Waffen und stellte sich dem ungleichen Kampf. Der vom 1. August bis 2. Oktober 1944 währende Widerstand der Heimatarmee wurde unter Führung des Wehrmachtgenerals Erich von den Bach-Zelewski von deutschen Einheiten brutal niedergeschlagen. Die gesamte Stadt wurde systematisch vernichtet und niedergebrannt. Am Tag der Befreiung, am 17. Januar 1945, war Warschau zu 90 % zerstört; nur 7 % der Gebäude waren noch bewohnbar« (DuMont).

Die Quittung. Kurze Zeit später, am 27. Februar 1945, notierte Erich Kästner:»Dresden ist ausradiert. Der Feuersog des brennenden neuen Rathauses hat aus der Waisenhausstrasse fliehende Menschen quer durch die Luft in die Flammen gerissen, als wären es Motten und Nachtfalter. Andere sind, um sich zu retten, in die Löschteiche gesprungen, doch das Wasser hat gekocht und sie wie Krebse gesotten. Zehntausende von Leichen lagen zwischen und unter den Trümmern.« Und weiter:»Bei der Überlegung, dass täglich zehn- bis fünfzehntausend Flugzeuge über Deutschland Bomben abwerfen und dass wir, längst ohne jede Gegenwehr, stillhalten müssen, und, wie das Rindvieh auf den Schlachthöfen, tatsächlich stillhalten, bleibt einem der Verstand stehen ...« (Notabene 45).

Frühstück im Hotel Forum. Besichtigungstag in Krakau. Der Kaffee in der Hotelhalle ist untrinkbar. Eichelverschnitt, sicher aber nicht aus EG-Ländern. Das einzig Essbare ist der dünngeschnittene Schinken, die Terrine besteht aus blossem Fett, es fehlt jegliches Aroma. Im Bus zum jüdischen Viertel. Herr Meierhold, der polnische Führer, doziert unablässig, jeden zweiten Satz beginnend mit»meine sehr verehrten Damen und Herren«. Überhaupt mutet seine Wortgebung und besonders die Aussprache eher spastisch an. Von den ehemals sieben Synagogen in Krakau ist gerade noch eine in Betrieb. Die alte Ghetto-Mauer steht fragmentarisch. Die jüdische Gemeinde, die vor dem Krieg mehr als hunderttausend Seelen zählte, besteht heute aus kaum mehr als sechshundert Mitgliedern. Herr Meierhold zeigt uns das Geburtshaus von Helena Rubinstein, ziemlich heruntergekommen. Dagegen strahlt die über fünfhundert Jahre alte Synagoge von Rebbe Moses in altem Glanz.

Zurück zur Weichsel. Grimmig verfolgt von einer Horde fliegender Händler: Pullover, Nerzhüte, Nerzcapes. Zu Fuss hinauf zum WAWEL, rechts ein Bettler mit Rosenkranz, neben sich eine Zigarrenschachtel für die Zlotynoten. Klänge einer Musikkappelle. Vier ältere Herren pressen Volkslieder aus alten Ziehharmonikas mit Bernsteintasten, darüber Strohhüte, rot- und blaugeäderte Gesichter. Dollarnoten verschwinden flink in einer schwielenen Bauernhand. In der Schlossanlage. Herr Meierhold zitiert Meierhold: »Meine sehr verehrten Damen und Herren.« Elisabeth schnaubt an einer Disque blö. Zur Krönungskathedrale, gefüllt mit Sarkophagen, worin, so Meierhold, die polnischen Könige wohnen (ungeheizt). Erstaunlich ist der gute Zustand dieser Kirche, insbesondere im Vergleich zu den Häusern oder den Städten überhaupt. Die Stärke des Glaubens und diejenige der Banca Ambrosiana; freigiebige Nachtragskredite mit flugs gesprochenem Schulderlass, Schuldablass. Am Kathedralenportal ein Mammutzahn, darunter ein – vatikanisches? – Haifischmaul. Wir klettern in den Glockenturm, hinauf zur angeblich fünfundvierzig Tonnen schweren Glocke mit dem Glücksklöppel. Auch Toni vergreift sich, und wünschend zerspringt sein Hämatitring. Anderes wäre ja gar nicht denkbar. Den Inhalt des Wunsches kennen wir nicht, Gott sei Dank. Guido schiebt, leise lächelnd, weisszahnig, das

Auge vor die Videokamera: »Srrrrrrrrrrrrrrrr.« Polen und Tonis zersprengte Steine auf Mattscheibe. Dann wieder unten, bei Meierhold und der Königin Hedwig, 12. Jahrhundert. Sie starb mit sechsundzwanzig Jahren. Es müffelt.

Vor dem Bus die fliegenden Händler, die gleichen Pullover, die Nerzkappen, die Nerzcapes. Es ist wärmer geworden. Im Hintergrund die Weichsel, ein breites, braunes, totes Band.

Um 12.00 Uhr in der Marienkirche, zur Altaröffnung, wozu wir, auf Geheiss von Meierhold, abhocken. Toni schiebt mich hinterhältig zur Seite. Veit Stooss, ein Name wie ein Tennischampion oder Modezar. Er schnitzte dieses gewaltige Altarungetüm in zwölf Jahren.

Beeindruckend die Gläubigen, zumeist kniend, im Gebet verharrt. Polen: Hoffnung als Schicksal. Oder Glaube mangels Material? Plötzlich Beleuchtung, eine Nonne erscheint, sphärische Musik erklingt knisternd aus verborgenen Vorkriegslautsprechern. Die Ordensfrau greift zum mannslangen (!) Stab und öffnet, wie eh und je, den riesigen Schrein. Es riecht nach Schweiss, das Licht erlischt, Stille. Herr Meierhold ruft zum Aufbruch, nach rechts, zu einem weiteren Stoosschen Werk. Lauthals ruft Ruedi: »Komm Peggy, wir lassen den Maikäfer allein.«

Draussen, auf dem Platz. Hans sucht ebenso verzweifelt wie rührig seine geliebte Margrit.

Das durchschnittliche Monatseinkommen beträgt hier kaum mehr als hundert Franken. Für ein Nachtessen bezahlen wir Westler gerade mal zwanzig.

Spaziergang. »Kaffeepause« im Kaffee Michalik-Höhle,
an der Floriansgasse 45. Nach langem Warten gibt es Wasser.
Die Würste sind ausgegangen, und die versprochene Konfitüre
in der Omelette ist, wie durch ein Wunder, verschwunden.
Margrit verteilt Schokolade aus einer Schweizer Soldatenmes-
serverpackung. Rauchen verboten.

In den Lebensmittelläden steht man Schlange. Praktisch
die gesamte Gemüseproduktion wird ausgeführt, nach Holland
und Deutschland. Die Bürgermiliz hat die Telefonnummer 997.

Wenige Stunden später eine Fahrt zur Künstlerkolonie
»Emmaus«. Es gibt einen Apéro, wir unterhalten uns mit polnischen Bildhauern. Von Josef Marek erstehe ich eine Plastik, der
Kopf seiner ersten Frau, erstellt vor dreissig Jahren. Daneben
das ungute Gefühl des Souvenireinkaufs, als Kunsttourist. Die
finanzkräftigen Westler plündern polnische Gegenwartskunst.
Ich zahle vierhundert Dollar. Josef ist völlig aus dem Häuschen.
Er gestattet mir, so viele Abgüsse zu machen, wie ich will. Bruno hat auch einen Kopf unter dem Arm. Ich trinke drei Wodka
und putze die Brille. Christa trägt meinen Schirm, den ich später im Flughafen in Warschau vergessen werde.

Nachtessen auf dem Hügel, klobige K.u.K.-Festung, Heringe in Teig, geschmacklos. Kalte Fleischspiesse, eine unge-
niessbare Toilette. Wodka, Wein.

Polen ist ein Land, das nur das Notwendigste importiert.
Früher waren es Dynamitstangen und Panzer, unfreiwillig,
heute ist es AIDS. Die Fälle mehren sich. Selbst der DuMont-
Kunst-Reiseführer warnt davor; er empfiehlt eindringlich »ge-
eignete Schutzmassnahmen«.

In der Halle des Hotels Forum gibt es Krim-Sekt und Bier. Herr Adjutant ist in eine heftige Diskussion mit meiner Frau verstrickt, über die Wechseljahre und ein Buch darüber. Die Behauptung, ein Buch nach drei Worten inhaltlich zu erkennen, die Qualität zu bestimmen und auch den Autor beurteilen, verurteilen zu können. Hier steht der Journalist, der Schnell-Leser. Indiz für die Qualität der heutigen Zeitungen? Im Hotelkeller schummert eine leere Disko vor sich hin, aus den Ritzen tropft Westmusik. Irgendwo zischt, neben mir, ein Krim-Sekt-Zapfen vorbei – aus Plastik.

Sämi ist jetzt im Bett. Vielleicht träumt er von Polen. Den Nachtschoppen hat er gehabt, abgekochtes Wasser mit sieben gestrichenen Löffeln Facto Vegura und zweieinhalb gestrichenen Löffeln Adapta sowie 1,5 ml Hustensirup. Also doch kein polnisches Kind.

Frühstück im Hotel, um 6.30 Uhr. Über Radom fahren wir nach Warschau zum Flughafen. Fünf Stunden Luxusbus. Picknick im nationalen Bildhauer-Garten. Die vom Hotel vorbereiteten Lunchpakete sind viel zu gross, gleichsam vom Küchenpersonal geschaffenes Symbol für die Sehnsucht nach vollen Bäuchen. Ich hocke auf den Füssen einer steinernen Dame. Ruedi J. hat Geburtstag. Es gibt – achgott schon wieder – Krim-Sekt, dazu Kuchen, steinhart. Die Reste werden an zwei polnische Buben verteilt, die mit Genuss nachkauen, mit leuchtenden Augen, das ebenfalls geschenkte Coca-Cola krampfhaft in den Händen: Illustration eines nicht ganz ungefährlichen Nachholbedarfs. In Bälde werden sie kotzen.

Am Flughafen. Im Restaurant ist das Rauchen verboten. Anachronismus: an den Wänden hängen überdimensionale Zi-

garettenreklamen. Es gibt Bier. Die letzten Zloty erhalten die
Toilettenfrauen. Sie schütteln mir die Hand. Mein Schirm bleibt
im Flughafenrestaurant. Draussen, Gott sei Dank, wieder ein
Membre de la Groupe Swissair. Champagner. Herr S. erzählt
mir von seinem Aufenthalt in Krakau, wo er eine Ärztin besuchte. Auch er ist beeindruckt von der Gläubigkeit und vor
allem vom Einsatz einzelner Menschen, die unentgeltlich die
bei uns gemeinhin vom Staat erbrachten Leistungen, auf priva-
ter oder religiöser Basis, erbringen, ein Kampf gegen Wind-
mühlen. Die Schwiegermütter und die übrigen Gummibäume
liegen unter uns. Ich bin so unfroh nicht. Über was eigentlich?

Die UDSSR kämpfte über sechzig Jahre lang darum, ihre
Gesellschaft von Religion zu säubern. Und wenn auch sowjeti-
sche Kinder ohne Religion aufwuchsen, hat die Religion doch
viel länger überlebt, als die Pioniere der Kulturrevolution es
sich hätten träumen lassen. Denn die Menschen brauchen Religion, anders als jene, die glauben, dass es in der Welt, ohne
Religion, besser stünde (Originalton Kriegsruf, Ausgabe Juni
1990).

Einige Tage später: Im Klostergarten in Luzern esse ich
ein Poulet, es ist ungeniessbar.

»Das Jodeln gibt den modernen Menschen einen festen
Boden unter die Füsse und bringt sie einander näher«, erklärte
seinerzeit Jost Marti, der verstorbene Obwaldner Musiker.
Wir haben das Jodeln, die Polen die Kirche.

Und jetzt eine Marlboro.

Polen hat heute, nach offizieller Lesart, zwei Feinde. Den Alkoholismus und den Nikotinismus. Wie es mit dem Kommunismus steht, ist nicht geklärt. Und der Kapitalismus? Dieser wird offenbar mit eher gemischten Gefühlen betrachtet. Der beste Freund ist und bleibt der Katholizismus. Bischof Haas hätte mit Bestimmtheit keine Probleme. Zum Grübeln bleibt wenig Zeit.

Noch ist Polen nicht verloren.

»Ich sucht' ein Glück,

das es nicht gibt ...«

Darf ich mich vorstellen, fragt der neben mir hockende Herr mit dem ehemals fein geschnittenen Gesicht. Ich bin Lord Byron, George Gordon Noel. Der leicht verschleierte Augenaufschlag verrät den Dichter und Poeten, kurz vor seinem, so hofft er, ehrenvollen Tod. Wir schreiben das Jahr 1815. In Wien tagt der Kongress, und wir, Byron, seine geliebte Augusta, der Rittmeister und ich, befinden uns an Bord eines bedrohlich schwankenden Fischerboots auf azurner Fläche, vermutlich fünfzehn Meilen vor Genua. Byron reckt seinen kunstvoll manikürten Zeigefinger nach irgendeinem Felsen aus: Dort ist es – achgott – mein Punta. Der leicht englische Akzent – Byron spricht momentan fliessend französisch (auf das Russische verzichtet er, weil angesichts der Wetterlage unpassend) – gibt diesem nachmittäglichen Schauspiel eine besondere Note, vor allem wenn man Augusta betrachtet, ihre unanständig aufgepolsterten Schultern, wie sie sich wohlig streckt, den kecken Sonnenschirm über dem fehlenden Gesicht, so dass man ihre immer leicht feuchten – ach wie lasziv, denkt der Baron – Lippen gerade noch erahnt. Byron tätschelt ihre Wangen, summt die Marseillaise, scheint, für einmal, nicht missvergnügt. Der Rittmeister vergewissert sich, dass seine beiden mit Elfenbein eingelegten Duellpistolen richtig im Hosenbund sitzen, nimmt eine Prise Schnupftabak und heult los, ein Wolf, der soeben den Apennin erklomm. Der Kapitän ist, ich vermute, ein Pirat; abgesehen von den gelben Plastiksandalen trägt er die genuesisch farbenprächtige Tracht eines Freibeuters, das Hemd kurz oberhalb des Nabels, der auch schon mägerere Zeiten erlebte, kunstvoll festgezurrt in einem Knoten, der nur zu sehr an einen unreifen Bananenstrauch erinnert. Backbords zieht eine genuesische Galeere vorbei, das päpstliche Wappen ebenso banal wie prall in den dräuend blauen Himmel aufgepfeilt. Geradezu phallisch, bemerkt Byron, und ich ergänze: Welch ein Eisenbeton-Faktor! Trotz gischtender See landen wir nach dreissig Minuten glücklich in Punta. Unser Gepäck, zweiundzwanzig Kisten und achtzehn Sättel, wird von flinken Knabenhänden flugs auf den mit Fischschwänzen übersäten Pier gehievt. Augusta lächelt säuerlich, schwitzt. Ich verfluche meine jurassischen Gartenstiefel. Ein österreichischer Wachtposten salutiert. Wir sind da. Professore Frittomisto, der fraglos berühmteste Feldscher, nimmt uns in Empfang, gütig lachend, zwei Gruben am Hals, die Erinnerung an ein voreilig abgefeuertes Schrapnell. Die beiden riesigen Säbel von Frittomisto strahlen zwar nicht sonderliche Kampfkraft, immerhin aber Würde aus. Er zieht sie, an den Hosenträgern unerfindlich befestigt, scheppernd hinter sich her, den felsigen Pfad hinauf, der eine nach Osten, der andere nach Süden gerichtet. Byron fächelt sich mit einem zierlichen, handroulierten Tüchlein, das dem eifersüchtigen Blick Augustas kaum entgangen sein dürfte, vergeblich Kühle zu; sein gepudertes Gesicht ist durchsetzt von tausend Rinnsalen, die teils wie Wildbäche von den Ohren zum Hals, von der Nase zum Kinn und von da gegen die Brust eilen, quecksilbrig ausufernd, wie Silberfischchen, jene, die, waren sie auf dem Teppich oder unter dem Ehebett, von allen Müttern so geliebt wurden. Die Villa des Conte di Camogli liegt einem Krähennest nicht unähnlich in die Felsen gebettet, angeklebt und hineingesprengt, jetzt noch drei Häuser umfassend, das Mauerwerk frisch getüncht, in der Abendsonne rosa schimmernd. Augusta ist entzückt ob dem tausendfachen Lärm der Zikaden, bittet den Lord, ihr eine zu fangen, als Liebesbeweis quasi, was Byron erstaunlicherweise gelingt, zur Freude des Professore und dessen Gattin, welche sich, eine reizende Mittvierzigerin, mittlerweile zu uns gesellte. Unauffällig stecke ich mir den Ring der spanischen Inquisition an den kleinen Finger – die anderen sind zu fett geworden – und reiche meine Hand zum Kusse dar. Ach, stöhnt Augusta, was für ein Ring. Byron lächelt hintergründig und legt plötzlich erschrocken den Mittelfinger der linken Hand, dort wo der Zeigefinger fehlt – das Resultat eines etwas komplizierten Liebesabenteuers – auf ihren weissen Oberarm, ächzend in Gedanken an die ungelenk gehauene Gedenktafel, die dereinst seine Taten auch hierorts reklamieren wird. Dieser Satz, denkt er, welch eine Verstümmelung meines Geistes, ein Ausbund an Frechheit derjenigen, die selbiges wiederzugeben wagen. Pfui Teufel. Augusta schneuzt sich indigniert und kneift den Professore mitten in die Schrapnelltäler, was wiederum ein leises, aber nicht überhörbares Aufschreien bewirkt, seitens der reizenden Gattin. Man siehts an ihren Brüsten, die wellengleich bewegt unter der violetten Bluse gar gefährlich pumpen, später zittern und zottern, als seis der Plumpudding des Monsieur Fontbigu; ein wahrhaft koinzidentales Synchronizitätssymbol. Je fleischlicher desto hungriger. Na, na, beschwichtigt der Professore schnell, bemüht, trotz äusserster Belebtheit, in genuine Beiläufigkeit zu verfallen. Prost, meint Byron. Ich habe Durst. Und Sie? Er deutet auf den

Rittmeister, zeigt zwei nigelnagelneue Goldzähne, dahinter schlangengleich eine rosa Zungenspitze lümmelt. Auch ich bejahe eifrig, worauf der Professore entsetzt nach Süden zeigt, hier das Glas und dort die Säbel. Vom Meer her reitet unverkennbar eine genotrope Dame, auf einem herrlichen Falben, zum Ufer hin, in elegantem englischen Trab. Der Lord reisst dem Rittmeister eine der Duellpistolen aus dem Hosenbund, die sich zunächst am halbgeöffneten Hosenladen verheddert, gröblichst sein Geschlecht streift, dann aber hochzischt. Byron rezitiert: Sie ritt an der Kugel vorbei, die der Lord behende abfeuerte. Natürlich, nur ein Weib konnte dies sein, das derart ritt und sich über Wasser hielt: Amalie, die einzigartige, blondäugige und blauhäutige, stolze und behutsame. Sie zieht, die rote Schabracke aufreizend zwischen die offenen Schenkel gebettet, unbeirrt und jauchzend stetig tausend kleine Kreise. Der Lord wiehert, als sei er selber der Falbe, der Professore schreit abermals, die Gesellschaft gerät ausser sich – vor Freude. Und der Neid bläht sich wie ein Klüver bei Windstärke 20, als man später vernimmt, dass ich, den Inquisitionsring schwingend, Amalie standesrechtlich an einer sonnengeheizten Wand des gräflichen Palais reichlich unzweideutig begrüsste. Der Lord schneuzt in das parfümierte und mittlerweile Gegenstand heftigster Eifersuchtsanfälle seitens Augusta bildende Nastüchlein, vergiesst gleichermassen eine Neidensträne und bläst wild seine ohnehin geschwellten Hinterbacken auf. Pfui Teufel, zischt Frau Professore, kämmt sich intensiv das lange, schwarze Haar und begiesst sich selbstzerstörerisch mit sarazenischer Fleischbrühe. Au. Der Professore schwankt zwischen Hass und Liebe, besinnt sich des ersteren und gluckst vor lauter Lachen wie ein Sonntagsfrosch, der soeben die Tremola herunterhüpfte. Ich zweifle leicht am Verstand dieser Gesellschaft, kratze an einem Mückenstich oberhalb des linken

Unterschenkels und prüfe intensiv, ob mein Geschlecht noch intakt sei. Nämliches tut Byron, jetzt zwitschernd wie ein Hering, der in einem undichten Netz gefangen wurde und dergestalt die Freiheit schon von weitem riecht. Ich zertrete dich, du Wurm, schreit der Professore, was ich, Einhalt gebietend und an jeden Anwesenden ein Exemplar der »ANALYSES OF MARRIAGES, AN ATTEMPT AT THE THEORIE OF CHOICE IN LOVE« von Szondi verteilend, herunterspiele, zugleich beschwörend an Faust II und die Notwendigkeit erinnernd, den Euphorion mindestens bis zur Premiere leben zu lassen. Byron umarmt Augusta, die nun ihrerseits überglücklich zur Puderquaste greift, um damit die Säbel des Professore eiligst blank zu reiben, worauf derselbige in ein Grunzen verfällt, das nur noch auf eines zu schliessen erlaubt. Seine Gattin wird, was wäre anderes zu erwarten, erneut fuchsteufelswild, entkorkt eine Flasche Henniez und wirft diese, Zikaden hin oder her, an den Stamm der nächsten Pinie. ICH LEIDE, schreit sie vorwurfsvoll, reisst die neue Armani-Brille von der herausragenden Nase und springt in einem weit ausholenden Bogen ins Azur. Der Professore bemerkt, wie immer: BRAVO. Derweil breitet der Herr Rittmeister behutsam auf einem von der Sonne aufgeheizten Damensattel zwei Damastnapperons aus, drapiert buntgeschliffene Kristalle, dazwischen die hochstieligen Gläser aus chinesischem Porzellan, ruft: Daher ihr lieben Fohlen, gebt mir eure Pfötchen, in die ich heute zu beissen wünsche. IN DOPPIO PRO REO: meckert der Feldscher, fuchtelt mit beiden Säbeln in Richtung Amalie und ihrem Falben. Presto und Prosto, zischt der Lord, und leert sämtliche Gläser in einem Zug, ohne sich auch nur einmal zu verschlucken. Die Rülpser sind beachtlich. Augusta flüstert: Bedecke mich. Worauf der Rittmeister mit seiner vierzackigen Viper auf ihren Leib hinzüngelt und in Augustas Lenden spurlos und für immerdar verschwindet. Ach, stöhnt der Lord. Wie bitte, fragt der Feldscher besorgt. Gift, schreit der Kapitän, und die Contessa von Camogli, bereits erfasst von einer Levitation, girrt wie eine ungeölte Hammondorgel in vollster Mondesnacht. Augusta rezitiert krächzend, blauen Schaum um weisse Lippen:

Da stach ihn der ehrwürdige Wurm
Seine Kinn- und Hinterbacken klapperten
Alle seine Glieder zitterten
Und das Gift ergriff sein Fleisch
wie der Nil sein Gebiet ergreift.

Die Gruppe, des Rittmeisters entledigt, keucht knirschend die italienische Landeshymne, während die Sonne brennend vor der Bucht in einem dunklen Samt ertrinkt. Später sieht man sie beim Pokulieren, frische Fische auf den Häuptern, der Lord gehüllt in eine Toga, leibhaft riechend wie der Grund, auf dem ein grünes Feuer zuckt. Amalie ruft zum letzten Mal: Genua, ich liebe Dich, ergreift den Falben und die Zügel, gibt die Sporen in dreiunddreissig Flanken, flutet ab, zum Mittelmeer, trip-trap-trip-trap, VERGIESST sich in den Wellen. Mein Punta, schreit der Lord, ergreift die Säbel des Herrn Feldscher, stürzt sich klagend in die fetten Klingen und vergilbt sofort, ist heute eine Tafel nur, kaltes, jammervolles Pergament. Meint man. Aber nicht doch. Der Lord, der reinkarnierte, mehrmals, wurde Mann und Weib und wieder Weib und wieder Mann und schliesslich nochmals Weib. Meine Gattin ists, die Frau Oberst, seine Lordschaft spür ich wohl. Im Kurzwarenladen in Camogli, 176 Jahre und zwei Monate plus vier Tage und 13 Stunden später, also genau jene Zeitdauer, die es brauchte, um den Lord in vier Geschlechter und meine Ehegattin zu katapultieren, stehen wir vereint und kaufen, will sagen kauften ein, wenn es nicht geschlossen wäre. Warte nur, ich kehre zurück, sagt Frau Oberst, einen gurrend drohenden Unterton in ihrer Kehle.

Die Dame hat Füsse wie ein Pianist, schreit bewundernd ein italienischer Lebemann, meint damit nicht Frau Oberst oder Byron, aber jene Frau, die vor der Küste taucht und synchron im klaren Nass energisch mit den Armen wedelt, Kopf und Gebrüst nach unten. Federico steht auf unserem Badeplätzchen, den Bauch geschwellt, das Telefon bei sich, was sein muss – es ist dies die immer imponierend herrliche Fassadentechnik, frei nach Schulz von Thun. Federico lässt sich, später, mit drei dürren Grazien zur Ablichtung herbei, was auch bewirkt, dass er sämtliche angefetteten Waschbretter einzieht wie die Schnecken die Fühler, meine persönliche Angst, dass ihm die Bratwürste, die nach hinten rutschen, den Rücken glatt zum Platzen bringen. Aber nichts geschieht. Ein tiefer Schnaufer nur. Hanspeter, der uns hier stillstes Baden in Einsamkeit und Ruhe versprach, entschuldigt sich geflissentlich, meint, dass dies in der Tat bedauerlich, trotzdem aber selten sei. Eine genuesische Abendgesellschaft, die sich vor dem Essen ein kühles Bad erwünscht, wer könnte das verübeln. Auch Federicos Mutter gleitet jetzt wie ein genuesischer Dreimastgaffelschoner hinein ins blaue Mittelmeer, als Stapel dient ihr eine rauhe Felsenplatte, ähnlich einer solchen, wie sie Wilhelm Tell bei uns schon so oft von grösstem Nutzen war. »Le vecchie ricette della cucina ligure.« Die Mutter prustet aus dem Wasser, enthüllt, achgott, beide Brüste, die ihr schlangengleich aus dem DEKOLLETE schlüpfen, zwei überreife Wassermelonen nach vierzig Tagen Sahara. Deine Rede sei »Ja, ja, nein, nein«. Das Zeug wird schnellstens zurückgestopft, in beiden Körben sorgsam hinterlegt, als ob nichts gewesen sei: Spuk und Nachtmahr, meine

Brust, scheint ihr linkes Auge beizugeben. MAMA! Der Bade-
platz ist, trotz allem, unvergleichlich. Zwölf Quadratmeter
gross, wo sich an die zwanzig Köpfe tummeln. Ich hechte frech
ins Wasser, die Brille auf der Nase, welche dann, wer hätte das
gedacht, zu Neptun fällt, in nasser Bodenlosigkeit entschwindet. Kurze Sicht ist beste Sicht, sagte bereits Plutarch, 135 nach
Christus, biss, ungeduldig einem Sklaven winkend, in einen
Quarz, in ihm eine Bernerrose wohl vermeinend.

Rechts von uns erklimmt ein gut gebauter Genuese, volles schwarzes Haar, den Fels, offenbar zu Kopfsprungzwecken,
steht alsbald oben: eine aufgebauschte Geiss, nestelt immer
wieder an den Hosen (was er zu verstecken hätte?), führt zuweilen eine grosse Röhre, blickt vorzugsweise zu den Damen,
den drei dürren Grazien, hofft dergestalt auf Publikum, nestelt
wieder, süchtig nach Klamauk. Sollte er wirklich springen, ist
mit dem Verlust der Badehose zu rechnen, was aber den Federico kaum beeindrucken dürfte. Im Wasser rezitiere ich verbissen eine Lyre, während der Genuese fröhlich weiternestelt,
sein Geschlecht muss aus Marmor sein. Hinter mir schaukelt
Hanspeter robbengleich vom Ufer weg, fröhlich wie ein See-
hund: ein Oraltyp par excellence, ein genussfreudiger Narzisst,
all das, was ihn mir so sympathisch macht. Birgit schwadert auf
einem klitzekleinen Badekissen, stöhnt vor Glück, über ihr die
Genueser Sonne. Vor meinen Augen die vielen Töchter der unplanmässig herumtobenden Gemeinde. Ich bewundere die
Grösse ihrer Brüste, frage mich, wo dies hinführe: zu unendlich
vielen weiteren männlichen Säuglingen, die vom Telefon am
Strand und dürren Grazien träumen. Jetzt springt und köpfelt
Federico, froschig aufgebläht, die Bratwürste wieder zuvörderst, ins kühle Nass, unter Akklamation, da es ihm tatsächlich
die Badehose, sei es willentlich oder nicht, schicksalhaft her-

unterreisst: Es erscheint ein schwammig lindengrünes Hinterteil, das nahezu den ganzen Golf verdunkelt, ein Klabauter-
mann, der Federico leibhaft zu verschlingen droht. Später:
Zikaden, Olivenhaine, Hitze, die Tafel, die vom Lord kündet,
ein Gestammel, ausreichend diesen Ort zu rühmen. »E meglio
però sempre prenotare«, was sich lohnt, nicht wegen dem Byron, aber der Landschaft wegen.

Zu reservieren sind die Zimmer No 10, 15 und 20. Niemals jedoch ein Einerzimmer. Der Gatte der Beizerin ist Hollän-
der und wird dafür jeweils in ein solches gesperrt. Sein Freund,
Tänzer in einem genuesischen Nachtlokal, hatte jüngst eine
geschwollene Hand, von einem Frauenbiss. Tut gut.

E LA NAVE VA.

Die Küste nach Camogli, es ist 21.45, erstrahlt. Die Lich-
ter, die Trost und Hoffnung wecken. Rechts vor mir: eine Pinie,
Schatten eines Falben, mit Schabracke. Um Mitternacht von
Leo und Daniela erzählt, von Monsieur Fontbigu und dem
Plumpudding, was an sich einerlei sei. Das Zimmer No 20. Ho-
hes Gewölbe, weiss getüncht, dreiseits Fenster, dunkelrote Läden, innen angebracht. Der Boden schwarz-weiss gekachelt,
darauf eine beruhigend spärliche Einrichtung. Nachttisch,
Schrank, weiss-blau gestreift der Bettüberwurf. Die neoklassi-
zistische Kommode, zu Mussolinis Zeiten angeschafft, heute
höchst modern. Darüber das Geräusch: Zikaden und Brandung.
Keine Plastikwelt, nur die Stühle in der Beiz und die Swatch an
meinem Arm. Trenete al Pesto, Frittomisto, die Tintenfische
zart, dünn geschnitten, die Sardellen und Riesencrevetten sind
vorzüglich, letztere mit Schale zu verzehren. Nach dem Frühstück zum Meer, das zu kochen scheint. Das Hemd gebläht, als

führe ich Lambretta, und die See macht Liebe mit dem Fels, umarmt und küsst ihn gischtig warm. Gegenüber Genua, das ich als Fünfjähriger besuchte, ohne Erinnerungen jetzt, ausgenommen das sommerlufterfüllte Zimmer mit den halbgeschlossenen Fensterläden, Schleiersonnenlicht, mich ohne Vorbehalt liebkosend. Der vergebliche Versuch zu baden, der Sturm verbietet es. Campari Bitter auf der Sonnenterrasse. Die Windstärke fünf ist verschwunden. Zuweilen ein Tosen vielleicht. Das Linienschiff, das letzte, geht um vier, der hohen Wellen wegen bleibt Punta für den Rest der Welt und dieses Tages beneidenswert allein. Frau Oberst und Camogli, der Kurzwarenladen, der jetzt, leider, geöffnet hat, es gibt Taschen, Schmuck, Gürtel, Zoccoli usw. Unser Auto ist noch da.

Mein lieber Byron, ich sucht' ein Glück, das es nicht gibt ...

DER BUS WILL NICHT ODER WIE DR. RUST ZU SEINEN
BERGAMOTTEN KAM

Ein nebliger siebter Oktober 2000, was alsbald Sonne
verheisse, bemerkt Roland, mit spitzem Mund. Hansjörg, der
Schofför, erzählt guttural nidwaldnerisch von den Kollegen mit
den steifen Hüten. Sein Bus sei gestrafft und hiezu auseinander
gesägt worden, wegen der Furka, wo es nur gerade zwei Meter
dreissig verlitte, ansonsten es zweihundertvierzig Fränkli ab-
setze. Sein erstes Gefährt, ein Zweifünfziger, schoben wir vergeblich an. »Da hats einfach keinen Pfuis, es spritzt nicht,
Scheisse.« Hansjörg flucht, nicht gerade leise. Der Bus streikt,
macht keinen Wank. Nicht einmal ein Zucken ist zu spüren. Da
kann der Hansjörg den Zündschlüssel drehen und wenden, wie
er will. Most hin oder her, von dem es nun wirklich genug habe.
Hansjörg am Handy, immerhin, aber auch ein Handy hat virtu-
elle Grenzen und taugt, wie figura zeigt, zu Reparaturen überhaupt nicht, beruhigenderweise.

Wir zotteln ab, zum Café Speck, das Gefühl der Unverrichtetheit im Ranzen und den Köpfen, der Adjutant blickt nervös auf die Uhr: Natürlich sind wir verspätet. Herr Rust bestellt einen Tee mit Bergamottenaroma, jedenfalls stehts auf der Getränkekarte so, und wir werweissen, was das sei, Tier oder Gemüse oder gar beides zusammen. Im grossen Lexikon der Büchergilde, das mir meine Mutter zum Vierzehnten schenkte, lese ich nach: »Bergamotte: 1) citrus bergamia, kleinasiatische Citrusfrucht; aus den Fruchtschalen wird das Bergamottenöl hergestellt, Verwendung in der Parfümerie [aha], und 2) Birnensorte.«

Herr Rust schlürft mithin parfümierte Birnen. Auch nicht schlecht. Derweil verschmaucht Elisabeth eine Disc bleu in die Tassen. Was mich, als Zweitraucher freut, zumal, von uns ganzen zwanzig Schwänzen, nur noch Christine herumlastert. »Zu den Wagen!« ruft der Adjutant, ein richtiger Charleton Heston zugerischer Provenienz, nur dass uns der Circus maximus fehle, dafür haben wir ja bald ein Zentralspital, oder? Den Hegglinschen Bus, der trotz ZVB-Einsatz auch jetzt noch nicht wankt, lassen wir stehen. Die Grüppchen verschieben sich privatim nach Neuenkirch, zur dortigen Autobahnraststätte, wo das Ersatzfahrzeug warte. Es entpuppt sich als grösser und besser: Es fährt. Und ist eben ein Zweidreissiger, was sicher gut ist, nicht nur auf der Furka. Unterdessen sind die Serben auf dem Weg nach Europa, wahrscheinlich zöge es Milosevic nur zu gerne vor, jetzt bei uns mitzureisen, was anderseits der Firma Hegglin mit Sicherheit nicht zupass käme. Uns übrigens auch nicht.

Blick auf den Hinterkopf des Adjutanten, könnte schon
fast ein Monsignore sein, die Tonsur stimmt. Laupersdorf. »Wir
sind auf dem Weg nach Audincourt«, tönt es sonor aus dem
Lautsprecher. »Dann gehts über die Transjurassienne«, eine
Strassenbezeichnung, die der Adjutant besonders dehnt, denn
diese Route sei ebenso herrlich wie erholsam, weil zumeist leer.
Much more than a Zoo: The show of Birds free Flying. Wir bret-
tern Richtung Audincourt, zu den Glasfenstern von Léger und
Bazaine, der, so der Adjutant, anno 1904 in Paris das Licht der
Welt erblickte und, was nicht auszuschliessen sei, heute noch
lebe. Farbe und Licht als Thema, die Kirche, die 1951 gebaut
wurde. Manifest des Aufbruchs, farbliche Erhellung der vielen
gehabten Dunkelheiten, die, im Jahre 1956, sogar vom Zuger
Club 56 auch besucht (und erhellt?) worden sei. Das Ortsschild
von Gänsbrunnen. Riesige Kiesgruben, verletzte, zerschunde-
ne und zerpflückte Landschaften, ansonsten nur Bahnhof und
kurz darauf ein Freilandzoo, als »Ranch« bezeichnet (wieso eigentlich?). Der Zweidreissiger schlingert talwärts durch die Bu-
chenwälder. Eine Mehrfachturnhalle und ein »Cabaret« in
Cremien. Wohl auch da, bleibt zu folgern, Russinnen, Ungarin-
nen, Polinnen undsoweiter. Vier Kilometer vor Moutier, wieder
ein Cabaret. Das Land der Kabarettisten und der Drittweltpüf-
fer, Waschmaschinen für das jurassische Erntegeld.
     Allmählich nimmt das Frankofonische überhand: »Stand
de Tir«. Frau Grunewald lächelt spöttisch, und weshalb mir gerade jetzt der Major Aebi und seine zunehmenden Übertretun-
gen in den Sinn kommen, weiss ich nicht, vielleicht sind es die
Cabarets. Moutier, abgefackt. Jura-libre-Fahnen und hässliche
Hochhäuser. Hansjörg steuert Richtung Biel, wieder enge, aber

lauschige Talschaften, viel Grün, viel Wasser. Roches: ein manierliches Dörfchen. Hin zu Belfort, via Delémont mit seinem eindrücklichen Rangierbahnhof, Jahrhundertwende: Die Buben hätten Freude. Im Übrigen nur noch Supermärkte, ein Mega Coop, diverse Tankstellen, McDonalds, natürlich. Nach La Chaux-de-Fonds über die bereits gepriesene Transjurassienne: Zeichen der ungebrauchten Machbarkeit und zu Stein gewordener Geldgier einiger weniger Strassenbauer. Nebelkrallen in bewaldeten Hügeln, ein Doubs-Hauch gleichsam. Kurz vor Porrentruy bückt sich Suzanne unter der Kaffeemaschine hindurch, zwängt sich ins WC des Zweidreissigers. Porrentruy. Konjunkturell verschont, also einigermassen unverwüstet. Ein intaktes Weichbild, immerhin. Darüber das gewaltige Schloss, trutzt und trotzt, optisch wenigstens. Auf dem Weg nach Besançon. Bazaine fragte, als er an den farbigen Gläsern herumwerkelte, diese liebevoll einmörtelte: »Was ist, mein lieber Léger, der Sinn des Lebens?« »Dass wir es haben«, entgegnete, anstelle von Léger, Pfarrer Mariotte, nicht unbarsch, gleichsam mürrisch.

Département du Doubs. Endlich, der Aufbruch, Audincourt, l'église du sacré-coeur. Commencée en 1949 et terminée deux ans plus tard. Der Sturz von Pfarrer Prenel, zumal ich im Führer zu fünfundvierzig Francs nachlese: »An erster kirchlicher Stelle ist Pfarrer Prenel zu nennen, der Geistliche der Gemeinde und zugleich Initiator und Motor des gesamten Unterfangens. Er stürzt sich, auf den Rat von Vater Couturier hin und mit Einwilligung der Diözesan-Kommission (la commission diocésaine) für christliche Kunst, deren Vorsitz (aha) der Erzbischof leitet, mit fester Entschlossenheit in dieses grosse Abenteuer.« Also ein Pfaffensprung, quasi.

Abgesehen von der holprigen Übersetzung im Führer
entpuppt sich das Gotteshaus als Juwel, die Glasfenster strahlen nach innen und aussen, lebendig und quirlig und fröhlich, Funken aus ummörteltem Glas, eingebettet in bauhäusige Nierentischarchitektur.

DAS COEUR DE RUMPSTEAK RUFT NACH DR. SVOBODA

Roland hechelt förmlich nach Pastis, einige andere auch. Die Suche danach endet in einer ELF-Bar an der Autobahn und, wohlgemerkt, mangels Alkohol, in einem mehr denn zweifelhaften Espresso. Elisabeth verteilt ein Parisette, die Vorständinnen mutieren zu Möwen. Auf der Route Nationale greift der Adjutant abermals zum Mikrofon, beschwört Courbet, den Vater des deutschen Expressionismus und eines seiner Hauptwerke »l'Halali du Cerf« oder die verbellte Jagd, die in Kürze, in Besançon, von uns zu bewundern sei, und, der Adjutant deutet mit den Armen einen Bogen an: »Ledoux ist als Architekt bewundernswert.« Hievon später.

Eine wundersame Altstadt, Besançon, Provinznest und Hauptstadt der Franche-Comté. Vauban hat gebaut, aufgeworfen, verziegelt, gegraben, befestigt, zur Freude Napoleons, was das wohl gekostet habe, ich meine an Menschenleben und Menschentoten. Le grand chef de voyage strebt samt Entourage zur Brasserie de l'Hôtel de Ville, die es definitiv nicht gibt. Eine andere Brasserie scheint minder, der Protokollant ist sich zu gut, zieht ab, mit einer Restgruppe. Wir suchen immer noch, hartnäckig; zwei steifbehutete Polizisten (Elisabeth: »Hier tragen sie Gott sei Dank noch Käppi!«) weisen in eine unbestimmte Richtung, dass diese falsch ist, entpuppt sich nur zu bald. Wir geben auf, steuern in ein Irish-Pub, ein fetter Kellner hängt seine in unsauberes Orange gehüllte Wampe auf unseren Tisch. »Coeur de Rumpsteak.« Es folgt eine Zahnturnstunde. Dr. Svoboda sei ein guter Zahnarzt, in Zug. Der Chardonnay ist eher fraglich, also nein (hiess es jedenfalls in der Artillerie), zumal die Flasche schon verschiedentlich bei anderen Gelegenheiten gebraucht und getippt zu sein scheint, der Zapfen jedenfalls ist grau, brüchig, trocken, staubig, alt. Das Pissoir erreiche ich unter Lebensgefahr, mitten durch ein rühriges (im Wortsinne) Dartspiel einiger tätowierter Halbwüchsiger, die mir aber freundlich zugrinsen. Der Urin fliesst in einen langen, breiten Kupferkanal, unbewässert und mit Deodorantpillen gespickt, gleichwohl indes zum Nasenrümpfen. Musée des Beaux-Arts. Die Schinken von Courbet, der röchelnde Hirsch, immens, einen bissfesten Hund am Hals, sein Herrchen, ein Jäger, schwingt die Peitsche. Aber was für ein Winterhimmel, frisch, echt, die Bläue, süperb. Courbet, ein Meister, oder vielleicht sein Lehrbub, der verstohlen zu den Pinseln griff, als Courbet, in seiner überheizten Stube, zu schnarchen anfing, drei Liter Roten unter der Gurgel: Weidmanns Heil, Weidmanns Dank. Ansonsten, im Museum, ist alles etwas unübersichtlich, die Begehung ist schwierig, mitunter penibel: Zwischen pastos düsteren Landschaften und wülstigen Porträts diverse Regulatoren und Pendulen, die lauthals und unvermittelt zu läuten, zu schlagen beginnen und sich folglich als echt erweisen. In Zug würden sie Tuttle zugeschrieben, hier hat man die Zeitmesser schlicht aus dem Keller geholt, darunter eine Kuckucksuhr, gar frech bellt der Kuckuck zum Gehäuse heraus. Doris: »Es ist wie in einer Murmelbar.« Zum Trost: Der Eintritt ist, weil Samstag, gratis. Wir fliehen aus dem Haus. Elisabeth und Roland bestellen eine Lait du Jura, ich auch. Der Kellner scheint angesäuselt,

reisst mir freundlich die Kamera aus der Hand, fotografiert uns.
Presto un prosto. Wahrlich: Peugeot Country, bemerkt Hanspeter, dem ich ein Exemplar der »Säulen der Erde« verspreche,
eine Art mittelalterlicher Jerry Cotton.

WAS DIE STRANGULIERTEN ZAMPONE DI MODENA
MIT DIJON ZU TUN HABEN

Dijon. Hotel Mercure, mit Sicherheit keine Bodenhaltung, abgestanden modern. Eine Art durchsichtige Kloake, Ko-
libakterien vermute ich selbst in den Vorhängen, die sich beim
besten Willen nicht bewegen lassen, so dass ich mich, um einen
Blick hinaus zu erhaschen, kurzum und einigermassen mutig
einhülle: unten ein Bassin, ebenso abgestanden, ebenso blau-
braun, ebenso hoffnungslos. Die in der Fremdenlegion hatten
es besser. Der Adjutant hetzt zur Kathedrale Saint-Bénigne, hie
und da über einen Hundedreck hüpfend. Wir verschwinden in
der Krypta, wahrscheinlich erbaut im 6. Jahrhundert. Es müffelt, weinkellerähnlich, assoziiert Christa. »Die romanische Ba-
silika stürzte im Jahre 1280 ein.« Und: »Die schönen Kapitelle
auf einigen Säulen sind später entstanden und gehören eigentlich nicht hierher.« Wahrscheinlich hatte an den Kapitellen jemand geübt, vielleicht der Kirchensigrist oder ein junger Vikar.
Zölibatskompensation. Es regnet immer noch nicht. Auf dem
Marktplatz räumen sie auf, und unser Trupp schreitet ebenso
eilig wie dürstend umher. Die Pastissuche beginnt von Neuem.
Endlich eine Bar, die Wirtin dick und beklunkert, aber freundlich, scheint selber nicht ungierig, schenkt freigebig aus, Roland setzt sich zwei oder drei Einundfünfziger an die Lippen,
ich süffle an einem ballon blanc und sinniere über den Orden
vom Goldenen Vlies, die Wirtin, beispielsweise als Medea,

jetzt, da sie mit der Pastisflasche wedelt, Hanspeter und Roland
als Argonauten. Der Adjutant als Iason steht stolz auf Bug und
Heck zugleich, im Winde flattern die von Grillparzer eilends im
Salzwasser geschwenkten Widderfelle, was für Vliese! Und
was für eine Anmassung, von diesem Philip dem Kühnen, der
hierorts diesen Orden gründete und sich in scharlachrote, pelz-
verbrämte Mäntel hüllte, um die feuerspeienden Stiere nicht
etwa mit Pastis zauberisch zu bändigen und flugs vor den eher-
nen Pflug zu spannen, sondern kurzerhand zu meucheln. Wir
freuen uns auf das »Le Pré aux Clercs«, wo man Krawatten
trüge, sagt Bruno, der ins Hotel stürmt. Wir bleiben, Hanspeter
führt uns in die Notre-Dame und die Kappelle der Maria Himmelfahrt und zur Eule in der Rue de la Chouette, die, so man
sie berühre, die Erfüllung eines Wunschs (so stehts im Kirchen-
blatt) »begünstige«, mithin diesen nicht einfach erfülle, was
doch wohl zu protestantisch wäre. Dann burgundische Gotik.
Das Kirchenschiff, die Orgel, die Seitenkappelle, die Gemälde,
das liturgische Mobiliar, die Kirchenfenster, die Schwarze Ma-
donna (nicht so schwarz wie in Einsiedeln), die Fassade, das
Portal und, schliesslich, die Strebebogen. Eindrücklich, anstrengend. Irgendwo wieder eine Bar, sehr französisch, sehr
laut, zwei Kir, Oliven, Brötchen, Jugend rundherum, aqua viva,
hier würde ich bleiben. Endlich: »Le Pré aux Clercs.« Eine dicke Chefin, mit aufgequollenen Füssen und viel zu kleinen
Schuhen, eruptierende Zamponefüsse gleichsam, in ständiger
Strangulation verharrend. Mit Sicherheit vereinnahmt sie alles,
was übrig bleibt. Der Kellner kredenzt fahrig einen Chassagne
Montrachet, dann einen Echezaux, später, zur Abrundung der
Redundanzanalyse, einen Clos Vougeot, dazu: Amuse bouche,
Foie gras du canard cuit dans sa graisse au confit de vin rouge,
Casserole d'écrevisses à l'estragon, Filet de sole meunière aux
girolles, Mignons de veau poélés aux rattes (aha) et aux épices,

Plateau de fromages, Tartelette au chocolat noir, Fraises acidu-
lées et Madeleine tiède, Sorbet citron und, endlich, Petit Fours.
Dazu Cognac und Kaffee, dafür kurz darauf eine ziemliche In-
kontinenz, was ich einigermassen, allerdings äusserst krampfhaft, zu überspielen vermag, noch.

IN DEN MEISTEN MUSEEN KANN MAN SOGAR SITZEN

Sonntag: Der Kaffee im »Mercure« ist ungeniessbar,
ebenso der Schinken, die Eier riechen nach Fisch, eben: keine
Bodenhaltung. Musée des Beaux-Arts. Der Bau ist eindrücklich, herzöglich, innseits völlig überhängt, ein Auktionshaus ist
ein Dreck dagegen. Hanspeter: »Wenn das Obere kommt,
kommt das Untere auch.« Unzählige Kreuzigungs- und Passi-
onsaltäre, gespickt mit Schinkenabteilungen und aufgemischt
mit Grabmälern (Johannohnefurcht usw.). Aber: Sitzgelegen-
heiten! Noch und noch, Samt und Holz, Holz und Samt. Die
Zuger Kunsthausbesucher staunen sich die Augen aus. Wir besteigen den Zweidreissiger. Es raschelt überall: Senftopfsäcke.
Der Adjutant macht mich zum Ducuré, nicht meiner frömmleri-
schen Art wegen, sondern wegen des Wunsches, in diesem Palais auf Dauer als herzoglicher Domherr wohnen zu bleiben.
Lieber Pfarrer, Herzog und Querkopf als Baumeister. Letztere
dienen, erstere drohen. Unvermittelt sind wir in Dôle, Hansjörg
biegt ab, in eine fränkische Landstrasse. Sonntagsleere, einige
Schnepfen, hie und da eine Kuh, verdauend. Nach Goux, über
die D 7. Rundum Burgund. Arc-et-Senans. Restaurant Relais,
Pastetli mit Pilzen, Coq au vin blanc (vorzüglich), Käse und Süsses. Reichlich vin du Jura: Le Savagnin und Le Chardonnay,
»toute l'expression du terroir jurassien«, auch eine Art Transjurassienne, nur besser. Die Bedienung ist vorzüglich, ruft ab-

rupt: »Coucou.« Was uns alle freut. Die Toilettenanlagen allerdings sind kaum empfehlenswert. Derweil schwärmt jemand vom französischen Familienleben, das hier noch intakt sei, zumal man gemeinsam zu Tische sitze, vor allem sonntags (le charme discret). Aeschi bezahlt die vielen Dischestifs, das jurassische Weiss und Rot ging auf die Kappe von Herrn Hausheer, beiden seis von Herzen verdankt. Die königlichen Salinen, herbstsonnengeküsst, ebenso immens wie unglaublich, ich glaub, ich träume. Anders herum: La Grandeur, quasi eine Force de frappe des Salzes. Ledoux: Nicht zu verwechseln mit Lödu, Benedikt, Jahrgang 1945, Hochparterrler, Artillerie- und Sprengoffizier a. D., galanter Grappatrinker und Frauenheld, beispielsweise im jurassischen Umfeld, und doktorierter Architekt. Auch Ledoux hat sich ausgetobt, was ihm zu gönnen sei. Hätte der Generalpächter gewusst, dass das Ganze nur zu bald in die Hosen ginge, wäre er wohl kaum samt Kutsche und Frau nach Paris gereist, um sich dem fünfzehnten Ludwig derart anzudienen. Dass dieser auf der Guillotine endete, ist so unverständlich nicht. Gleichwohl: Es bleibt ein Wunder, wir geniessen: den Hof, das Böttcherhaus, die Salzsiedereien und das Haus des Direktors, »la maison du sel«. Und wenngleich Musso, Speer, Göring und sicherlich auch der Metallihafner hieran Freude hatten, wir verdrängen es; so füglich wie die ideale Stadt, die umzusetzen Ledoux Gott sei Dank ja nicht gelang, zum Leide von Nestlé und zu Gunsten aller Antifaschisten.

CHRISTA UND DAS PLATEAU CHAUD

Hansjörg öffnet die Pforten, treibt die Motoren an, vor Colmar halten wir an einer Autobahnbeiz. Christa greift sich einen Weissen und wird flugs an der Kasse zurückgepfiffen:

Pas d'alcool sans un plateau chaud. Die resolute Kassiererin verwirft den Kopf wie ein hysterisches Rennpferd, ganz und gar ein Keifeweib, irgendwo muss sie schäumen, es bleibt zu hoffen, dass sie kinderlos sei. Also: nichts da mit einem Glas Weissen. Ich greife mir ein hartes Ei, denke, es sei eine Traube, das Huhn als Rebstock. Alsbald wieder in Neuenkirch. Gottlob: Da weiss man, was man hat, um so mehr, als mir Christa, so dieses Protokoll vorliege, einen Apéro versprochen hat (avec un plateau chaud?).

»*Unablässlich streben / Uns vom Halben zu entwöhnen /
Und im Ganzen, Guten, Schönen / Resolut zu leben.*«

Goethe, rezitiert von Mazzini, hörbar auch von Nietzsche,
beim Nachtessen in Flüelen auf dem Weg ins Tessin, 1871.

Julier, mässiger Verkehr, kein Schnee. Und Sils Maria:
Empfang im Waldhaus. Äusserst herzlich, Herr Dietrich lässt
seine ins Blaue forschenden Augen auf uns ruhen, drückt die
Hände. Leider sei die zweistöckige Suite nicht vakant, wir erhalten eine einstöckige, auch sehr nett.

Zum Abendessen eine Flasche Alion, süperb, aber wohl
doch etwas hochpreisig, Herr Müller, der ehemalige Kellermeister und jetzige »Vize« beglückwünscht uns zu dieser Flasche, es sei die letzte. Das Essen ist etwas bleich, aber dennoch
leidlich, vor allem der Rockfort zum Dessert, er sei geräuchert,
schmeckt vorzüglich, ältelt sympathisch, ist abgangsstichig,
rund und grün. Die Portauswahl ist dünn, aber es hat.

Um 11.30 Aufbruch nach Maloja. Isabel, dieses junge
Reh, spurtet voran, beint behend dem herrlichen Ufer entlang.
Es regnet. Besuch in der Burg des Conte de Renesse, eigentlich

ein nicht zustande gekommenes Schloss, Segantini wollte es fertig stellen, auch er mittellos. Also blieben Mauern und der Bergfried, »Patsch da Muntaing«, wie Isabel trefflich bemerkt. Auf dem Weg einige Zwerge, dazwischen Gletschermühlen. Im Hotel Sowieso stärken wir uns flüssig, im Garten, da im Innern äusserst miefig, ich vergesse die Wanderkarte – neunzehn Franken. Zum »Palace Hotel«, das reichlich versifft vor sich hindräut, die Rache des Comte de Renesse oder gar von Segantini? Zum linken Ufer des Silsersees. Einstieg in den Wanderweg, steiles Gelände, das nicht vorwärts, aber rückwärts, nach Maloja, führt. Wir steigen und steigen, das Herz pocht, der Schnauf wird knapp. Wir umrunden zwei Felsnasen, hüben und drüben regnets. Endlich scheint sich der Weg nach Sils zu wenden, irgendwo ein Weiler. Ein Bündner Bauer packt den Hund ins Auto und rät vom Engadinerweg ab, wir sollen ins Tal, drei Kilometer der Strasse entlang. Tatsächlich sinken wir stetig und landen schliesslich auf der Hauptstrasse, rechtsrändiger Militärmarsch nach Sils, ich schätze: sechs Kilometer. Bis zum »Waldhaus« sinds dann immerhin fünfeinhalb Stunden, nicht schlecht für den ersten Wandertag.

Zum Nachtessen gibts Schwein von der Fränzi mit Safrankartoffelstock. Es mundet, auch der Terre Brune, was für ein Genuss! Isabel spürt die Knie, ein bisschen auch den Rücken, ich fühle mich rekrutenschulig, irgendwie weich geklopft, insgesamt. Wir fallen in die Betten.

Nach Frühstücksbüffet und NZZ in die Wanderschuhe. Zum Dorf. Pflaster für die herrlichen Fesseln meiner Gemahlin gekauft, dann zur Furtschellasbahn, hinauf ins Bergige. 2313 Meter über Meer, Ovo und Cola. Dann ab zur Fünfseenwanderung, der weisse Weg. Natürlich steil, es beginnt zu schneien:

O, Wind, If Winter comes,

Can spring be far behind?

Shelley

Die Seen geniessen wir trotzdem, Isabel macht Fötali, der Schnee geht in Regen über, schliesslich wirds trocken, nach zweieinhalb Stunden in der Massenberghütte, ein Furtschellasplättli, dazu ein halber Feschi. Nochmals ein Blick nach ganz oben. Das Skigebiet ist unverkennbar, der Strassenbau ist emsig, irgendwo röhrt eine Pistenmaschine, angelt sich affig in den Felsen herum, der Tourismus als Geldquelle, na ja, die Alpen werdens richten. Aufbruch Richtung Fextal, es steigt, natürlich, wieder an, Isabel küngelt wieselgleich, unverdrossen, ich schnaufe hintennach. Auf halber Höhe Fextal, Gott sei Dank, ein Wegweiser: Sils. Wir kurven ohne Unterlass, Bein über Stein und Stein über Bein. Das letzte Stück nach Sils: verzauberter Wald, ein Ehepaar mit Laufstöcken, eine sich ständig verheddernde Gerätschaft (zu was dienlich). Isabel: damit sticht man sich ja nur in die Hoden. Die Teufelsbrücke, die gefürchtete, umgehen wir, beim Nietzschehaus sei Terra Ferma. Nochmals im Kiosk. Die Bedienerin scheint müde, auch unintelligent, ja träge. Nein, Zigaretten hätten sie bald keine mehr, die lassen wir ausgehen, es raucht ja sowieso niemand mehr. Isabel kauft ein Silserstoffabzeichen mit Regenbogenforelle, ich erstehe einen neuen Stock.

Der letzte Stutz (Asphalt!) zum Waldhaus hinauf ist unsäglich qualbeinig. Ich blicke auf die Uhr: vier Stunden und fünfundvierzig Minuten. Immerhin. Isabel geht ins Bad, schwimmt jugendliche fünf Runden, ich hocke da und trinke ein kaltes Calanda. Uff.

Isabels Bergschuhe, vor der Türe deponiert, verschwinden. Als Dieb entpuppt sich der Putzer, Frau Vereina vom
Hausdienst entschuldigt sich.

Das Nachtessen wartet.

Sardische Vorspeise mit Rohschinken, der sich gewaschen hat, ein Traum. Isabel mit Hirschsüppchen, das ebenso
mundet, vor allem die zarten Fleischstücke. Kalbsbraten und
Forelle, letztere gebraten, zu gut, da doch zur Tröckni neigend,
der Schwanz dafür kross und knusprig.

Meine Göttergattin geht nicht mehr ganz aufrecht in das
Rauchstübchen, die Knie und der Turriga, dieser Himmlische.
Ich meinerseits halte mich mit Mühe aufrecht, nicht des Alko-
hols, aber des Knochengestells wegen. Lustig ist das Zigeuner-
leben.

Früh aufgestanden, das Wetter sei durchzogen, es ist
kalt, Nebelschwaden verheissen Sonne. Mit dem Bus zum
Bahnhof von St. Moritz, durch Steinwüsten, Kräne recken sich
allerorten, Betonbauweise, Eigentumswohnungen ohne Ziel
und bar jeglichen Geschmacks. Taxi zum Segantinimuseum,
wo eine Horde Schüler zum Eintritt gezwungen wird. Wir eilen
vorbei, in den Kuppelsaal, zum reduzierten Panorama, unglaublich, diese Bläuen, diese Landschaften, Schnee und Tod,
Kühe und Kälbli. Karten gekauft. Natürlich auch ein Segantini-
buch.

Dann zur Firma Bogner. Isabel ersteht eine Barock-Go-
belin-Jacke, mit Wolfspelz, sagt die Verkaufsdame, der sich
dann als Fuchs entpuppt, den eine vormalige Reflektantin mit

Patschuli zu betören versuchte. Isabel gleicht einer Prinzessin, ich assoziiere ein Schloss in den Karpaten, umgeben von Bediensteten und Wölfen, diese natürlich nur im Winter. Angesichts der Kälte erhalte ich einen Vliespullover mit Bognersteinbock auf der Brust. Einige Schwierigkeiten mit der Kreditkarte bringt das Verkaufspersonal in Verlegenheit. Nicht die Karte, die Softwär ist schuld, zahlen können wir dann trotzdem. Im »Hanselmann« ein Glas Schämpis für Isabel, ich bestelle mutig ein Erdinger, das ich gerne zurückgebe. Die Serviertochter ist eine nette und tauscht um, in ein Calanda Meisterbräu. An Guy und ans Büro zwei Nusstorten geschickt, das Gesicht von Silvia möchte ich sehen (sie hasst Trockengebäck nahezu teuflisch).

Auf dem Weg hinunter zum See, beim »Palace«, ein adretter Kleiderladen, der, wie üblich, geschlossen hat. Dafür trifft Isabel einen Herrencoiffeur, der nach eigenen Angaben bereits sieben Damensalönger überlebte. Alles sei ein bisschen heruntergekommen, vergilbt, verpilzt, malojisch. Die Konjunktur lässt sich halt nicht nur mit russischen Einschüssen beleben.

Am Murezzanersee entlang, zur Station St. Moritz Bad Post. Zu einem Prospektgang ins anrüchige »Kempinsky« reichts nicht, der Bus kommt, die Nummer Zwei führt uns zur Surlejer Brücke, vorbei am Hotel Europ in Tschamfer, wo Isabel einst fast ertrunken wäre, was gottlob vom Badmeister bemerkt wurde. In den Sonntagskleidern, mutmasslich mit blauer Kravatte, köpfelte er mutig ins Becken und half Not, ansonsten wir im Jetzt und Hier nicht so glücklich zwischen den Seen von einem verlässlichen Engadiner Schofför gefahren würden. Ich danke Gott und den sieben Nothelfern, die von meiner Mutter mehr als einmal (mit Erfolg?) flehentlich erbeten wurden. Den

Silsersee erstapfen wir am linken Ufer, rechts von uns lassen Vater und Sohn im Engadinerwind einen Drachen in den Himmel knattern. Die Farben sind unsäglich, und die Entdeckung, dass hier wohl keine einzige Lärche ohne Stein am Fusse wüchse, ist verblüffend. Isabel trägt die neue Kappe (hätte ich fast vergessen) und gleicht einem reizenden Hochseeschiffskadetten. Immerhin sinds wieder zweidreiviertel Stunden. In der Bar ein Bier vom Fass und Cüpli, wir sind heissgesichtig, müde und glücklich. Draussen scheint nun wirklich die Sonne.

Abends Buffet. Wohl über vierzig Dinge zur Auswahl. Wir fliehen ins Arvenstübli, durch dampfende Mäuler und Köpfe hindurch, durch Dünste und saure Winde. Ein etwas unwirscher Chef de Service empfängt uns, gibt uns einen unpässlichen Tisch. Dennoch: das Essen ist gut. Fritierte Wienerschnitzel mit Pommes, zuvor Geissenkäseröllchen, eingebacken in einen japanischen Reismantel, dazu süsssaure Zwetschgen und ein mundiges Salätchen. Neben und um uns erheben und ersetzen sich die Gäste ohne Unterlass, verschwinden mit leeren, erscheinen alsbald mit frisch gefüllten Tellern, wo dies Platz hätte. Der eine oder andere kotzt, vielleicht, zwischendurch, diskret hinter oder eiligst vor das Haus. Der Gast unmittelbar neben uns trägt Pantoffeln unter einem zusammengezurrten Schmerbauch, ein Primarlehrer?

Die Bedienung bleibt leidlich, die weit weggestellte Weinflasche (Zeichen der Eleganz oder gastronomische Noblesse?) müssen wir verschiedentlich selbst auf den Tisch holen, bis sie wieder weggestellt wird. Na ja.

Rundherum kommen die Desserts, der Primarlehrer bewegt seine Kiefer pantoffelgleich, ein Kneipp-Jünger ist er nicht. Später ein Port, der, ob dem Menschenmief, gar schnell getrunken ist.

Engadiner Sonne. Mit der Corvatschbahn hinan, weiter mit der Gondel auf 3300 Meter, vor uns der Piz Murtel, dahinter gar gewaltig der Corvatsch. Heisse Ovo. Isabel fötelet. Halb erfroren hinunter zur Mittelstation und dann ab in die Bersche, Forcla Surlej, über die Gräte Richtung Coaz-Hütte, riesig züngelt der Morteratschgletscher ins Rosegtal herab, eingekreist von scharf gezeichneten, schwärzlichen Seitenmoränen. Stock und Stein ist einerlei, dieses Wunder der Natur. Wir sinken stetig, biegen später ab zur Alp Ota, verlassen sei der Ort. Wir sitzen am braungetränkten, sonnenhellen Tisch, die Hüttentüre dient mir weidlich auch zur Notdurft. Nach drei Stunden oder etwas mehr erreichen wir glücklich die Talsohle, eine Beiz hats auch, der Kellner niest in die Plättli, sein Gehör ist ziemlich schlecht. Isabel holt uns etwas zu essen, wohlweislich bei der Selbstbedienungsabteilung, der Veltliner und der harte Bergkäs munden wunderbar. Später in den Wäldern, Richtung Pontresina, dieser Zauber, diese Farben, drei Rehe kreuzen unseren Weg, zeigen uns die weissen Spiegel, äsen ungerührt. Links und rechts bemoste Arven, rauhe Tannen, Steine Sonderzahl – und lautverschollne Bäche, dazwischen fremde, blaugekrönte Vögel. Welch grimmsche Welt. Welch Paradeis! Wir kommen wieder.

In Pontresina erhaschen wir den Bus, der unplanmässig hält, ein aufgestellter Schofför öffnet uns die Tür, grüsst freundlichst in die helle Engadiner Luft. Auf vielerlei Umwegen, wir lernen das halbe Engadin kennen, erreichen wir die Post von

Surlej, der Kiosk hat nicht – halb – geöffnet. Zwei freundliche
Damen verkaufen uns mürrisch humorig ein Valserwasser und
etwas zu rauchen, verweisen uns auf die Taxinummer neben
dem Posteingang. Der Taxer kommt alsbald, erzählt von seinen
fünfundvierzig Jahren Engadin und der goldenen Nase, die er
sich gemacht hätte. Ächzend verlassen wir den Mercedes bei
der Talstation Corvatsch, reichlich sechs Stunden in den Waden. Mit dem Auto zurück zum Hotel, die Sitzheizung ist eine
Offenbarung, auch der Stutz vor dem »Waldhaus«, der zu be-
fahren sich wirklich lohnt.

Isabel lässt sich von Herrn Schmid den Tennisarm dia-
gnostizieren, geniesst Massage und heisses Bad.

Das Nachtessen ist vorzüglich, der Schato Montrose er-
weist sich als ziemlich blasser Fehlgriff. Schmorbraten und
Rehguezli, Salätchen und Tomatensuppe, etwas Käse, später
Port und ziemlich schnell ins Kissen.

Ein Kellner hat etwas Arabisches. Ich sage: Al Kaida, Isabel bemerkt: Al Calida.

Aus dem Tiefschlaf zum Büffet, halb gebeinelt, halb ge-
krochen. Speck, Speck und nochmals Speck, Isabel zerreisst
mit ihren schönen Zähnen Salamirädli und Bündnerkäse, Anken und Lätta, Brötchen und Multivitaminensaft.

Auf nach St. Moritz. Ins Geschäft mit den Äpfeln, ein Pul-
loverli und blaue Stiefel sind gar schnell erbeutet. Dass die Verkäuferin so freundlich, so stimmig, so gut gelaunt und fröhlich
war, begründen alsbald die kleinen Zahlen auf der eleganten
Rechnung, die mir Isabel im Hanselmann zum Schampanier

aufs blütenweisse Tischtuch legt. Dennoch: die Beute bleibt himmlisch und der Hotelschirm im Auto.

Auf ins Fextal, wo wir uns kurzzeitig verlaufen, quasi in eine Pferdeherde hinein. Die Wegweiser sind reichlich dürftig. Später beim Hotel Sonne in die Kappelle, wohl ein Kraftort, auch wenn die Fresken darben, dafür hats auf der Kanzel eine Beleuchtung. Isabel verliest einen romanischen Bibeltext, den wir beide nicht verstehen. Weit hinten im Tal die Beiz, innen müffelts und WCelets, wir bleiben draussen, trotz Kälte und Ermahnungen der Serviertochter. Veltliner und Tilsiter. Der Pferdewagen wartet, wir schreiten zügig hinab und hinauf nach Sils, es schneit, die Kälte klemmt. Der Charme des Rosegtals fehlt.

Das Abendessen entschädigt uns, »Gala-Diner«. Herr Müller empfiehlt eine Flasche Calatrona Petrolo Toscana 1999 und trifft voll ins Schwarze: mundig, mundig, liebe Brüder! Was für ein Tropfen. Es gibt hausgemachte Bratwurst (Schweins) mit Apfelsauerkraut und Apfelchampagnersauce. Ein Gedicht. Hernach ein zartes Bachforellenfilet (mit Haut!) auf Nudeln mit Weissweinschaum. Unerreicht! Also bedient sich Isabel gleich zweimal und hat Recht. Ich entscheide mich für Käse. Natürlich mit Calatrona. Mmmmh.

Später Port und Kaffee. Eine dicke Damengruppe (mit Glückspost-Rabatt) schiebt sich an uns vorbei, die Dicksten tragen Teller mit Friandises, Bettmümpfali. Was für Verdauungsapparate!

Es hat geschneit, Engadiner Zuckerwatte, die Lärchen verkleidet, bepelzt. Engadiner Himmel, welche Bläue.

Nein, kein Wander- dafür Seilbahntag. In scharfem Tempo (über Mittag steht die Bahn still) zur Diavolezza-Talstation.
Kaum da, sehen wir die Gondel schon entschwinden. Wir kom-
pensieren mit einem Griff in die (Gratis-)Ansichtskarten, die
sich als Notizblätter ausgezeichnet eignen, Isabel nimmt etwa
sechzig, ich vielleicht siebzig. Immerhin.

Nach Celerina, zur Kirche in der Ebene, wahrlich ein
Kraftort, auch der Hügel, den wir erklimmen, auf teppichglei-
chem Boden, arvige Tannen und tannige Arven. Der Himmel
zunehmend wolkig. Im »Hanselmann« in St. Moritz zwei Cüplis
und eine Turta da Nuschg für Erich, wohlweislich die kleinste,
da er die ganze in einem verschlingen wird. In der Metzgerei
Heuberger kaufen wir gehacktes Kalb für Isabels weltbesten
Hackbraten, Rindsfilets, nicht zu knappe, Leberwurst, Bünd-
nerfleisch, Trockenwürste undsoweiter. Vorrat muss sein. Und
bei der Firma Hermes schenkt mir Isabel eine Rosakravatte, die
ich heute Abend tragen werde. Achgott.

Isabel gerät, nach kurzem Tiefschlaf, unter die Hände
von Herrn Schmid, Masseur und Wundertäter.

Entsprechend gelockert ziehen wir frohgemut in den
Speisesaal, ich rosakravattiert. Herr Müller kredenzt Vorzügli-
ches: Vigneto Gallina, Barbera d'Alba, LA SPINETTA aus Cas-
tagnole/Lanze, 2001. Die Kalbsterrine fällt eher etwas ab, dafür
scheint die von Isabel gelöffelte Rieslings-Cremesuppe einem
gastronomischen Höhepunkt nicht unähnlich. Das Roastbeef
vom Puschlaver Rind dürfte etwas buttriger sein, die süsssau-
ren Karotten sind nicht jedermanns Sache. Es schneit. Aufwar-
tung im Salon, Port und Kaffee. Defilee der Gäste, Prokuristen,
Schriftsteller, Professoren, Vizedirektoren, Augen- und Zahn-

ärzte, Versicherungsagenten, gestresste Chirurgen, ein nervöser Werber im Essensunterbruch, zwecks Rauchpause, einige augenscheinlich verloren gegangene Damen, dazwischen höchst charmante französische Kinder, mit Grossmutter, links von uns zwei Psychiater.

Und gar süss ist dann der Schlaf. Geliebtes Hotel Waldhaus, wir kommen wieder!

Die Forelle und das Pissoir

Arogno, Reiden, Wikon, Mehlsecken lasse ich links liegen, nach dem Zofinger Ortsschild, quasi als Zeichen der Ver-
söhnung, zwei Wegweiser in die nämliche Richtung: Heitern-
platz und Friedhof, wo das Eine zum Andern führe. Es ist zehn
Uhr morgens. In der »Krone« lasse ich mir eine Stange zapfen,
und mit Freuden entdecke ich ein richtiges Pissoir, es riecht
nach Desinfektionsmitteln, eine WC-Bürste hat es auch (wozu
eigentlich?). In der Gaststube spricht man über Spaghetti, die
möglichst locker zu sein hätten, damit sich die Sauce gut verteile. An der Wand das Diplom der Stadtmusik Zofingen, das
Louis Müller zum Ehrenmitglied auszeichnet. Darüber der
Sinnspruch, gehäkelt natürlich: Die Furchen der Äcker sind die
Schützengräben des Friedens. Sapperlott.

Hier ist der Koch noch Koch, als solcher bemützt und er-
kennbar, auf den Tischen niedliche Trockenstöcke, vielleicht
ehemalige Kakteen, drapiert auf kleinen Mistbären, Zeichen
der Geruhsamkeit, anders als im alten Spanier, wo, so berichtet

Max, mein Zofinger Begleiter, hie und da gar zünftig die Post abgehe, ein Balken im Auge der Bürger. Später in den frisch gefegten Gassen. Es ist zugig. Am Hotel Zofingen vorbei, dort, wo mein Vater nach dem Krieg eine Forelle bodigte, gemeinsam mit dem vormals designierten Gauleiter von Luzern, jetzt naturgemäss flüchtig. Während der Forelle versuchte der Fastgauleiter meinen Vater anzupumpen, ziemlich vergeblich, zumal mein Vater ja auch kein Nazi war und im Portemonnaie sowieso nur Münz hatte. Auf dem Weg zum »Sennenhof« erfahre ich, dass die Fricktaler auch heute noch zur Maria Theresia beten, was dem mittelländischen SVP-Komitee wohl kaum eitel Freude abringen dürfte. Nein, im »Sennenhof« habe es keine Sennen gegeben, auch Kühe habe man nie gemolken, dafür sei das Geschäft dennoch erklecklich gelaufen, mit Textilien und so. Das Pferdegetrappel ist verhallt, und auch die napoleonischen Kürassiere haben sich längst aus dem Staub gemacht. Vor der alten Lateinschule bestaune ich die hebräische Inschrift; leider sei diese etwas fehlerhaft und deshalb auch nicht eingemittet. Herr Andereggen, der Chefbibliothekar, ist äusserst aufgeräumt. Er trägt Sandalen und zeigt mit Stolz die unendlich vielen Bände, darunter, natürlich, auch die »Schweizer Illustrierte«, wohlgemerkt ab 1912; Ringgi und Zofi, die mich während meiner Bubenjahre durch so manche Fieberschübe begleiteten, fehlen, leider. Ein Blick vom dritten Stock der Bibliothek auf die hablichen Sandsteinhäuser herab bestätigt, dass hier reichlich lange der Berner Mutz am Ruder war. Ich zeige mich beeindruckt. Auch davon, dass in Zofingen Gesslerhüte eigentlich nie etwas zu suchen hatten. Mit dem Kanton Zofingen sei deshalb auch fürderhin zu rechnen, ein Umstand, der die Nackenhaare der Oberen hüben und drüben, so noch vorhanden, schon des öftern gar gefährlich habe ersträuben lassen.

Max erzählt von den vier Mentalitäten der vier aargauischen Regionen, zu werten als napoleonisches Werk. Auch höre ich vom guten Einvernehmen, das zwischen den Zofingern und den Luzernern geherrscht habe und wohl auch immer noch herrsche. Jedenfalls hat man den Religionskrieg zu verhindern gewusst und dafür lieber gemeinsam etwas gemarktet und gewirtschaftet, so dass man erst gar nicht auf den Gedanken gekommen sei, unter der Religion etwas Dummes zu veranstalten. Zwei Drittel der Zofinger sind heute protestantisch, ein Drittel ist katholisch. Das erklärt denn auch, dass die CVP nie ganz richtig Fuss fasste. Vor dreissig Jahren zählte man annähernd zehntausend Einwohner, und der Stadtrat stellte intensive Überlegungen an, wie man den zehntausendsten Einwohner gebührend ehren könne, ein Problem, das dem Stadtrat von der Rezession einigermassen gründlich abgenommen wurde. Die Ausländer wurden heimgeschickt, nach Portugal, Italien oder Spanien. Das sei damals ziemlich freiwillig abgegangen, nicht wie heute, da die Ausländer bleiben und erst noch ihre Familien nachkommen lassen. Im Armeebehelf »Selbst- und Kameradenhilfe im Gefecht« lese ich über die Angst- und Schreckreaktionen. Phase 1: In Deckung bringen, notfalls mit Gewalt, dann aber auch ermutigen, das sehr wohl nütze, denn entschlossenes Handeln und Zuspruch beruhigten oft rasch. Phase 7 (die mittleren Phasen wurden offensichtlich vergessen) empfiehlt, zu trinken und zu essen geben, das Herz ausschütten und ausruhen lassen, und dann, soweit es ginge, sei Arbeit zuzuweisen und zu überwachen. Aha. Zofingen habe kein Bauland. Das mache zwar die Sache auch nicht besser, zeige aber, dass die Zofinger wohl nicht anders konnten, als sich den Gegebenheiten füglich anzupassen, derweil trotzdem aber nicht nur eigenständig, sondern erfrischend offen blieben:»Zofingue – une petite ville charmante où l'on aime flâner«, lese ich im Stadtprospekt, der – gleich wie Frau Braun vom Verkehrsbüro – äusserst anmächelig aufgemacht ist, notabene viersprachig. Später in der akkurat restaurierten Stadtkirche, wo es nahezu die ganze Zofinger Jugend hingerafft hätte.

Die öffentliche Orgel und wie man die Kirchturmleiter trotz Apéro unbeschadet übersteht

»Die Kirche brennt«, schrie damals jener Zofinger, der, kurz vor Mitternacht, die Riesenstaubwolke sah, als das Dach einstürzte. Nicht auszudenken, was passiert wäre, wenn die Kirche beispielsweise beim Kinderfest in sich zusammengebrochen wäre. Gleichwohl wurden dann einige 100 Zofinger aufgeschreckt, jene nämlich, die sich, so höre ich mit Genugtuung, regelmässig bis zur Polizeistunde in den Beizen aufhalten. Am Boden tatsächlich zerstört war derweil der Kirchenarchitekt, der erst dann aus seinem Trauma erwachte, als in Bremgarten der Kirchturm ausbrannte und das Feuer so heiss wurde, dass die Glocken schmolzen (man habe es sogar tröpfeln gehört). Ich lehne auf dem Taufstein aus dem Jahre 1651 und erkunde die kunstvollen mittleren Chorfenster, darunter der dreiteilige spätgotische Chorstuhl aus der Zeit des Chorneubaus. Wir nehmen nicht Platz, dafür steigen wir zur Orgel hinauf, deren Zugang, Zeichen der Zeit, mit einem verschliessbaren Gitter geschützt ist, nachdem gewisse Zeitgenossen diese Anlage, Max und ich schütteln unisono die Köpfe, mit einer öffentlichen Bedürfnisanstalt verwechselt hatten und die Organistin hierauf hie und da fast in die Scheisse trat. Wenn jeder nur etwas anständiger wäre, brummt Max, bräuchten wir weder Polizei noch Militär. Wir besteigen den Glockenturm, bis zu den fast senkrecht in den Himmel zeigenden Metallleitern, wo im letzten Dezember eine unverzagte Touristentruppe, darunter Damen mit Stöckelschuhen, auf Veranlassung des Verkehrsvereins hochgestiegen war, vom ins Nüchterne getrunkenen Apéro bereits ziemlich angesäuselt. Der Abstieg vom Turmzimmer sei dann nicht mehr ganz so lustig gewesen, aber der Zofinger Schutzengel habe den Damen schliesslich doch noch unter die Arme gegriffen. Vom zweiten Turmstock aus lasse ich mich über die Zofinger Bausünden belehren. Max seufzt und gibt der Hoffnung Ausdruck, man möge doch endlich begreifen, dass alles andere als Biberschwanzziegel, Pflastersteine und besprosste Fenster in dieser Stadt nichts zu tun hätten. Bevor wir in die Krypta hinuntersteigen, besuchen wir die Taufkapelle, wo die welschen Damen ihren Culte abhalten und dergestalt regelmässig den Röschtigraben zuschütten. In der Krypta besticht der Christbaumständer, welcher schon manchem Zofinger zupassgekommen sei, indem er seinen zu gross gewachsenen Tannenbaum aus dem Vorgarten zur Weihnachtszeit habe spenden können.

Der Meyersche Malkurs mit Bratwurst und Rösti

Vor der Markthalle lesen wir die Menükarte. Margret sei die beste Wirtin weit und breit. Max bestellt zwei Mineräli und einen halben Vizedole, sprich Goron, der in zweifacher Hinsicht dem echten Dole vorzuziehen sei, einerseits weil besser, andererseits da billiger. Im Säli, wo hie und da, so Margret, kleine Bankettli stattfinden, bestellen wir Bratwurst und Rösti. Leider verstecke sich, bedauert Max, der Wirt jeweils hinter dem Grill, was sicherlich auch Vorteile haben dürfte, vor allem wenn man sieht, wie jetzt mein charmanter Begleiter herumschäkert. Aus der Küche heraus grüsst Anna, sie ist Kurdin und sagt »Spass«, was Danke heisse. Im Säli hängen die neusten Bilder von der Cedric-Meyer-Malschule, darunter der Hühnerhof von Vreneli. Herr Meyer, ein ehemaliger Vizedirektor bei Ringier, sei aber nicht nur ein guter Maler, sondern auch ein ausgesuchter Fischexperte. Auch Max hat am letzten Malkurs teilgenommen und viel Gefallen daran gefunden. Manchmal müsse man halt einfach das Füdli etwas zusammenklemmen, denn von nichts komme nichts. Im Übrigen wäre Max liebend gerne Maler geworden, aber sein Vater habe ihn dann in einen anderen Beruf hineingedrückt, mit der Begründung, dass man als Maler nichts zu fressen und folglich auch nichts zum Leben habe. Max berichtet, dass es in Zofingen einige Galerien gebe und die Leute hier ziemlich kunstinteressiert täten, vielleicht auch wegen Ringier. Wir sinnieren über die aufgehängten Bilder aus dem Meyerschen Malkurs und über die Kunst im Allgemeinen, die immer dann gut sei, wenn sie einen anspringe, was ich bestätige. Die Wirtin ist nicht nur hübsch, sie weiss auch viel zu erzählen. »Margret, gib mir bitte das Pfefferdingsda«, wobei Max vorsorglich hinzusetzt: »Es ist nicht fad, es ist nur etwas mild.« Beim Essen vernehme ich, dass das »Badener« und das »Aargauer Tagblatt« zusammen die »Aargauer Zeitung« gebildet haben, quasi ein Akt der Machtdemonstration und nicht zuletzt auch zur Befriedigung der Dividendenansprüche der Aktionäre. Da macht das standhafte »Zofinger Tagblatt« Gottseidank nicht mit. Mit den Zeitungen sei es doch genau gleich wie mit den Banken. Seit es den Bankverein in Zofingen nicht mehr gibt, ist man froh, wenn man auf ein Bänkli ausweichen könne, wo man noch richtig bedient werde. Max erzählt von der Ausstellung in der Galerie Leupi, wo die blutten Missschweizdamen ausgestellt waren. Da er kein Lüstling sei, sei er dann eben nicht hingegangen, wobei er natürlich vor einem Besuch keine Angst gehabt hätte, aber Bedenken.

Max lobt die Firma Marti, die fahrplanmässig nach Spanien fährt, was Margret dazu veranlasst, die Altstadt von Altea zu rühmen, vor allem die Kirche mit dem blauen Keramikdach. Natürlich gebe es in Zofingen auch Knupensager, wie beispielsweise derjenige, der immer von diesem Altea plöffe, wobei das ja nur davon komme, dass er dort jeweils gratis wohnen könne. Selbstverständlich dürfe ich rauchen, möge aber an die Vorhänge von Margret denken. Max kommt zurück auf die Turmzimmerepisode und die Stöckelschuhe. Er sinniert zum Fenster hinaus und sagt laut:»Wir hatten ein Affenschwein, dass das Geläut nicht losgegangen ist, sonst hätte uns dieses schlankweg von den Leitern gerissen.« Aber sonst sei Zofingen wirklich ein beschauliches Städtlein. Viel wurde investiert, unter anderem auch in die alte Stadtkanzlei, wo heute die Stadtpolizei grenzübergreifend alarmbereit ist. Früher haben sich die Alarme im Wesentlichen auf die Stadt bezogen, will sagen auf die »Krone«, die sich als polizeiliches Einsatzziel gar vorzüglich geeignet habe, und die Klagen der Ehegattin des vormaligen Polizeikommandanten über die vielen Überstunden ihres Herrn Gemahls seien wohl nicht ganz unberechtigt gewesen. Während ich die Vorhänge von Margret mit Nikotin belaste, stellt Max fest, dass Zofingen wohl den Wackerpreis nie erhalte, dafür aber auch kein Museum werde. Hier könne man noch geschäften und leben. Etwa dreihundert selbständige Gewerbler gebe es noch, immerhin, und auch sonst sei die Altstadt gut bewohnt, was vermutlich auf die einschlägigen Bauvorschriften zurückzuführen ist. Auch die Verkehrsprobleme habe man heute einigermassen im Griff. Allerdings sei es zugegangen wie auf dem Schlachtfeld von Sempach, bis man endlich soweit gewesen sei. Jetzt ist aber gottlob die vordere Hauptgasse verkehrsfrei, nachdem der Gewerbeverein die

drohenden Einnahmeeinbussen schliesslich doch noch ge-
schluckt habe. Die Zofinger wollten halt schon immer das
Weggli und den Batzen. Immerhin haben sich dann die Stadt,
die Post und die SBB zusammengerauft und das neue Parkhaus
gebaut, auch wenn man schon immer das Gefühl gehabt habe,
verkehrstechnisch alles gemacht zu haben, auch angesichts
der Stadtumfahrung, die es ja schon seit über 150 Jahren gebe.
Ähnlich war es mit der Barriere, die zwischen Hamburg und
Süditalien lange Zeit als einzige gegolten habe. Die Überfüh-
rungsprojekte wurden hartnäckig abgelehnt, und auch eine
Europa-Brücke wurde Opfer des Souveräns. Die Kantonsschule
indes liessen sich die beherzten Zofinger von den Aargauer
Herren nicht nehmen, so wenig wie das jährliche Kastanienauf-
lesen, welches die Stadtverwaltung aus pekuniären Gründen
kurzum von der Agenda gestrichen haben wollte. Dass sich
auch am Stadtwein bisher nichts geändert hat, werte ich gleichermassen als gutes Zeichen. Diese Institution, die den Geist
im Rathaus bis heute erhalten haben soll, kennt man seit Einführung des Kinderfestes. Mit aller Gewalt versuchten die Zofinger seinerzeit, ihren Wein, leider ohne Erfolg, in der Stadt
anzupflanzen.

Sechs Flaschen Rathäusler und die abgekätschten Hunderter-noten der Gräfin von Zofingen

Jetzt bezieht man den »Zofinger Rathäusler« aus dem
Waadtland. Dieser stammt aus Perroy am Genfersee, einem be-
schaulichen Ort zwischen Lausanne und Rolle. Früher holte
man diesen »Rechnungs- und Silvesterwein« in den Milchkes-
seln ab, wobei der Wein damals direkt im Rathaus ausgegoren
worden war. Natürlich war dies, meint Max, für viele Leute ein
wahrer Segen, auch wenn die Reichen den Rathäusler nur zum
Kochen benützten. Leider wurde der Weinbauer aus Tartegnin,

der den Wein während vieler Jahre geliefert hatte, alt und krank. Heute kommt der Wein von der SVP, nicht zu verwechseln mit der Partei, angepflanzt und gekeltert von Dufour Willy. Jährlich pilgern, im März, der Stadtammann, der Schreiber und der Weibel mitsamt dem Kellerverwalter zur Société Vinicole de Perroy zum Einkauf, wo die Delegation jeweils an die zehn Fässer degustiert. Einen Weinkrieg zwischen der Familie Dufour und der SVP hat man mittlerweile unbeschadet überstanden. Jedenfalls hat man sich definitiv für die SVP entschieden. Immerhin ist ja auch die Fanfare de Perroy mit den Zofingern seit vielen Jahren verbandelt, und aufgrund der Jumelage zwischen den beiden Gemeinden ist es nicht mehr als recht, wenn die Commune de Perroy den Sieg davontrug. Übrigens erhalten die bezahlten Kommissionen der Stadt keinen Wein, sondern nur die unbezahlten und die Lehrer und die Beamtenschaft. Damals gab es vom Rechnungswein fünf Flaschen, bis der Stadtweibel bei einer Versammlung rief: »Das mit den fünf Flaschen ist doch ein Seich, in einem Karton befinden sich, das weiss jedes Kind, sechs Flaschen.« Seither gibt es eine Flasche mehr. Margret reicht ein Aprikosensorbet mit ebensoviel Abricotin und kommt ins Schwärmen, erzählt von ihrer ersten Ballonfahrt, von Zurzach über Tegerfelden, Brugg, Rupperswil, Suhr, Safenwil, Schneggenberg und Zofingen, wo Margret zur Gräfin von Zofingen getauft wurde, dann über den Ringier und über die Schleipfen hinweg, bis zum Glurheimet. »Du bist doch keine Fricktalienerin«, sagt Max, »und überhaupt bist du zu schön und zu dienig, um eine Gräfin zu sein.« Die Sprache kommt wieder auf die Kunst. Im Hotel Zofingen hängt ein grosses Döbeli-Bild, das der Stadt gehört, und wenn der alte Stadtschreiber einmal gestorben ist, weiss das niemand mehr. Ganz anders hat es sich da mit einem Cedric-Meyer-Bild verhalten, auf dem die Markthalle abgebildet ist. Das sei wohl, bemerkt

Max, das einzige Bild, das die Stadt jemals verkaufte. Die Wirtin hat im Gegenzug fünfunddreissig abgekätschte Hunternoten auf den Tisch gelegt, und man habe das Gefühl gehabt, dass diese aus einem Kohlebergwerk stammten. Margret wirft ein, dass das schon seine Gründe gehabt habe, und sie wollte ja nur zeigen, dass auch sie das Geld nicht einfach auf der Strasse aufliest. Max lacht, hustet meine Wuhrmann an und zitiert: So manchen gibts, der Bilder malt, doch selten einen, der sie zahlt. Den Stadtweibel haben wir definitiv verseckelt, lacht Max. Dieser nämlich hätte uns um punkt zwölf Uhr das Stadtmodell zeigen sollen. Margret kredenzt den dritten Grappa. Es ist vier Uhr nachmittags, in den Gassen steht die Sonne. Und gar prächtig glänzt es von den Mutzendächern.

Start in Zug, nicht wie üblich im Bus, sondern ab dem
»Gotthard-Perron«, Gleis Nr. 3. Immerhin auf der Höhe »Bus-
haltestelle«. 9.28 gibt der Bahnhofvorstand, einen erkalteten
Rössli-Stumpen zwischen den amtlich verkrampften Lippen,
das Signal frei. 10.35 in Aarau eingerumpelt. Dort, wo Annemarie Hugentobler auf dem Bahnhof stand. Sommerhitze, Lagerhäuser mit geschlossenen Läden; vermeintlicher Schlaf aller Schläfer. JE SUIS UN POULET. Eine trockene Gurgel,
Jugend in den Beinen – und Verzweiflung. Wann genau fuhr
Annemarie nach Paris? Von Beromünster weg, ohne Retourbil-
let. Was das oder ein Leben bringen möge. Anstelle einer Ge-
burtsurkunde zeigt Fräulein Hugentobler den Waffenschein,
ausgestellt von der Polizeistation Hunzenschwilen.

Frau K. erzählt vom Baum, den ihr Mann fällte und fast
mit ihr gefällt hätte. Hatte sie vorher noch gegessen? Als mich
das Meitschi sieht, schaut es ein Weilchen, legt den Kopf zur
Seite, springt davon. Natürlich zur Mutter. Der Vater hält den

Hund. Unter uns schlürft der Fluss am künstlichen Bett entlang, erzählt Märchen und Geschichten.

Wir fahren Richtung Genf, vermutlich. Plötzlich diese Lust, aus dem Zug zu springen, in das brennende Gelb eines Rapsfeldes, da alles vorbei wäre; der Augenblick, der zur Ewigkeit wird, ewige Gegenwart quasi, vermischt mit dem Landstrassenstaub, der, beim dritten Aufprall, in den Körper führe, Blut und Staub. Kurze Zeit später schnurrt eine Lambretta vorbei. Darauf klebt ein Paar. Sie, natürlich, hinten. Er, ihre Hände auf seiner Brust, vorne.

Olten in der Zersetzung. Bienenstöcke. Vater Bohnenblust. Como, wo ich S. in einem kargen Zimmer liebte, bedeckt von säuerlichen Gerüchen, neben einer Toilette, die mit der Zimmerwirtin zu teilen war. Ihre Zahnbürste neben der meinigen. Die Frage, wie S. jeweils ihre Männer auswählte. In Biel die erloschenen Uhrenfabriken; »Eloise« war mal eine Marke. Graubraun, braungrau. 11.15.

S. unter der Dusche, das Gesicht eingeseift, die Beine, die Scham, die Achselhöhlen, der feine Strich am Ende des Unterarms, der ihrem Vater so viel bedeutete. In Neuchâtel kauften wir hin und wieder in der Migros ein. Landjäger und Yoghurt, Bananen, Schokolade. Meistens trug S. ein blaues Kleid oder einen blauen Jupe, einen Pullover, natürlich auch blau. Ihre Handschrift war immer kindlich, vielleicht hilflos (bei dieser Mutter!); die Blaue Frau.

12.40. Morges.

13.20. Genf. Die dicke Klara Hoffmann, der dicke Ehemann, der einem nicht in die Augen sieht. Im Danzas-Bus auf der Route Royale nach Annecy. Sonne, Savoyen, historisches Land, die Grafschaft Genf, Chablais und Genevois, Benetton. 1602, der letzte Versuch, Annecy zurückzugewinnen, via L'Escalade. Der Vertrag von St. Julien. Der Adjutant erzählt von Turin, wo Nietzsche lebte, und, 1888 aus Nizza kommend, die Stadt beschwärmte, die ernsten und feierlichen Plätze; das Jenseits von Gut und Böse. In Moret beendete Wagner die Walküre, am Fusse des Mont Salève also, von wo man eine gute Sicht habe. Überall braune Kühe, saftige grüne Weiden, Täler, die sich weiss zum Himmel öffnen, muschelgleich, ansonsten Parklandschaft. Über die Hängebrücke, le Pont de la Caille (1839). Eine Postkutsche benötigte anno 1850 von Genf nach Annecy sechs Stunden. Der Bus immerhin braucht fünfzig Minuten. Annecy. Hauptstadt der Haute Savoie, ein Marktflecken, von Walt Disney befleckt. »Nous formons un seul corps« steht auf einer Tafel in der Dominikanerkirche, ganz vorne, beim Altar. Ich assoziiere einen Übungsplatz, für Ministranten beispielsweise. Je veux faire mon baptème.

18.15. Challes-les-Eaux, Hotel du Schato. Drei alte Jurakalk-Gebäude, Rousseau-Zeit. Das Zimmer klitzeklein, kunststoffrenoviert, ein Plastikbad; immerhin läuft die Dusche. Ein Trost? Draussen toben die Sommerstürme. Tannenwipfel, hin und hergepeitscht, Sausen, Knirschen, Krachen, irgendwo ein Töff (keine Lambretta). Ich sehe das Bild, das im Entstehen begriffene, die ewig beteiligte Gegenwart. »Sauerde« von John Berger fertiggelesen; die Geschichte über die drei Leben der Cocadrille, der Kleinstfrau, die sich vor dem Lieben die Brüste und den Bauch mit Kuhmilch netzte, wodurch ihre Augen noch blauer wurden, was einen Blick in den Himmel gewährte. Glyzinienaugen.

Später in Chambéry; die Innenstadt ist goutable, vor allem der Elefantenbrunnen. Wahrlich ein beachtliches Denkmal für General Craft de Boigne. Die polierten Elefantenhintern als Geschenk einer ewig dankbaren Heimatstadt. Jedenfalls heiratete der General dann trotzdem noch, 48-jährig, eine 16-jährige Engländerin: Leistung und Gegenleistung. Abendessen im SAINT REAL: Fischtartar, Loup de Mer au Fenouil. Eine Flasche Sancerre, gefolgt von einem Château la Lagune, 1975, dazu Bleu-de-bleu, reichlich grünspanig. Zu den Friandises schlürft der Herr Schefredaktör einen Basse Armagnac 1971. Um elf Uhr nachts bestellen wir ein Taxi, das erst nach Mitternacht eintrifft; eine nahezu eingeschlafene Tischrunde. Wir sind zu fünft, was nichts Sonderliches bedeutete, mindestens für uns nicht, aber für den Taxichauffeur – offenbar der einzige in ganz Chambéry – der sich strikt weigert, uns unisono mitzunehmen. Der Chauffeur gewinnt, trotz allseitiger Explosion, zwei Touren, je mit hundertzwanzig Sachen, vor allem in der sechziger Beschränkung. Ich verliere mein Portemonnaie im Taxi, samt einem Capote Anglaise.

Aus Savoyen stamme der Gratin dauphinois, behauptet der Adjutant keck im Bus, morgens früh. Er zählt sämtliche Käsesorten auf, zitiert die Weiss- und rät von den Rotweinen ab.

Grenoble. Die Hauptstadt der Dauphinée, lauschig eingeklemmt zwischen dem Rhône-Knie und Italien. Der Kampf um die Scham der Königstöchter, der hier tobte, zwischen den Busanten und dem Grafen von Alba, wahrlich ein »Delphinus«. Später Berlioz und Stendhal, »Le rouge et le noir« oder »De

l'amour« mit der immer wieder faszinierenden Kristallisations-
theorie, wonach Liebe ein pathologischer, das Urteil trübender
Zustand sei, der in der wahnhaften Verklärung des Partners die
Bedingung des subjektiven Glücks schaffe. Na ja; auch eine
Art Stellenvermittlung.

Ansonsten Landstrassen wie in Bäretswil und Paul Clau-
del, ein Mann katholischster Prägung.

Der Adjutant klärt uns über die Kunstreisintentionen
auf. Die Konfrontation mit der Gegenwart sei angesagt, also
das Einäugen in die moderne, ungewohnte Kunst, die Erschüt-
terung durch Unkunst inbegriffen (das Reisen als Kunst, der
Kunstriss, das künstliche Reisen mitreisender Kunst, auch eine
Art Reisläuferei, aber aus Kunstreis). Besuch des Musée de
Peinture et de Sculpture an der Place Verdun.»Natürlich« sei
diese Sammlung nicht so gross, und»selbstverständlich« handle es sich hier um Kunst aus dem 16. bis 19. Jahrhundert. Immerhin fehlt auch nicht eine, meint der Adjutant,»wunderba-
re« Abfolge der Kunstgeschichte des 20. Jahrhunderts, alles
klein aber fein, was zu bestätigen ist, angesichts der akkuraten
Auswahl moderner Klassik und der stillen Vielfalt von Abstrak-
ten, Bauhäuslern, Konkreten und Konstruktivisten. Das gute
alte Kunsthaus ist in dieser Form letztmals zu sehen, da – auch
hier (!) – auf Biegen und Brechen ein neues Haus her muss; das
alte ist zu schleifen, zum Ruhme eines aufgeblasenen Kurators.
Die Ausstellung von François Morellet kratzt auf. Später zum
Palais Justice. Wir erfrischen uns. Gret kauft herrlich duftende
Rosen, verteilt sie, Werni erläutert derweil die Denkweise der
kantonalen Chefbeamten, erzählt von der Baubewilligung für
den Velounterstand, dem Telefonat mit dem Amtsarchitekten,
diesem wissend Unwissenden.

Ans Ufer der ISERE, zum Neubau des Kunsthauses. Immerhin überzeugt die Frankreichatmosphäre. Der Wind riecht französisch, Bistros und Autoabgase, links von uns eine Hängebrücke, zerfallend. Am Schwebeseil auf die Bastille, Festung aus dem Jahre 1850, Blick auf Grenoble. Elisabeth wird es schwindlig. In der Touristenabrissbeiz bestellen wir einen – unessbaren – Salat mit überreifer Hühnerleber. Der Muscadet hat Zapfen, die Papiertischsets sind giftgrün. Werni plöfft mit seiner Kreditkarte herum. Anschliessend im Stadtpark, Jahrhundertwende; Rosen, Palmen, ein Auditorium. Zurück zum Musée de l'Art, Uringeruch. Auch hier ungezählte Möbelläden, »Le sofa à prix modifié«. Eine wirkliche Scheisspolstermöbelkultur, eingebettet in mehr als dreitausend Möbelläden, allein um Grenoble herum, unaussprechlich, was dies bedeutet, eine Art Albertville: POLTRONA FRAU.

Aber nicht deswegen schämte sich der Wachtmeister – ein bisschen. Es war der Leintuchhügel über seiner Schamgegend, da er im Federbett lag und das Zimmermädchen hereineilte.
Besuch des Centre Nationale d'Art Contemporain de Grenoble; eine Eiffel-Halle gewaltigsten Ausmasses, das Gestänge faszinierend. Des weitern das Botta-Haus in Chambéry (wie bestellt und nicht abgenommen, unbenützt unnütz), erwähnenswert wie das Bier, das unsere Hitze kühlt, in einer verschlafenen Beiz, davor die Gosse, in der ein riesiger Eisberg vor sich hin röchelt.

Abends im BATEAU IVRE in Le Bourget. Es regnet. Das Essen wäre gut, wird jedoch schneller serviert als gegessen. Die Steigerung der Nouvelle Cuisine: »La vite cuisine«, »La cuisine à grande vitesse«.

Je näher je ferner, je ferner je näher. Herr Rossi erklärt
den Unterschied zwischen den Herren Haas und Rey, dass letzterer mehr Gläubiger hätte. Je nun.

Auf dem Weg nach Canossa, dem berühmten. Der Bus erkeucht den Mont Seni. Der Adjutant grübelt in der Geschichtskiste, schwärmt vom Investiturstreit, erzählt ausserdem von Heinrich dem IV., diesem grossherzigen Mann, dann von der Gräfin von Susa, als Reminiszenz an die Schlacht von Hastings, am 14. Oktober 1066, als England endgültig unter den normannischen Hammer geriet und Harold II. von Wilhelm dem Eroberer, wir erinnern uns, liebevoll niedergesäbelt wurde. Dazwischen Heiratspolitik als Verkehrspolitik, die Sicherung aller Verbindungswege, und schliesslich Karl der Kahle, diese berühmte Leiche, die in einem ausgeteerten Fass transportiert wurde, jedenfalls solange sich der Tross des Gestanks erwehren konnte. Das Behältnis ging dann auf dem Wege, Gott sei Dank, doch noch verloren.

Durch den Tunnel von Fréjus, da Savoyen, dort das Piemont. Das Tal hinunter, nach Susa, der Geburtsstadt des Susaphons. Ein Gebirgsnest. Die Porta Romana, dazu eine bezaubernde romanische Kirche. Viel Verkehr, auch hier. Ein Glas Weissen. Meine Frau hat Kopf- und Bauchweh, vom gestrigen Schnellservice. Kurios sind die Stein- und Schieferdächer. »Wie Landschaften, wilde«, bemerkt Doris Füllemann und vertilgt genüsslich einen Nussgipfel. Margrit S. verteilt Mespoli, innen Coco de Mer, und das alles in Susa. Ich delektiere mich an einem Pagna Cauda (Sardellen mit Öl und Knobli).

Endlich: Turin. Stadtbesichtigung, darunter das Ristorante Il Cambio, vis-à-vis protzt der Palazzo Carignano von

Guarini (vgl. Petri, 5. 386). Zur Piazza Castello. Herumge-
schnüffelt in der Grabtuchkirche, die Via Roma hinunter, Apéro
auf der Piazza San Carlo, umhüllt von der Mussolini-Architek-
tur des Marcello Piacentini. Gleichwohl: irgendwie Grösse, Ansätze von Schlichtheit – nur der polierte Marmor und der
schwarze Granit erinnern an die Brutalität und den goldenen
Schnitt aus Grössenwahn. Herr Jäckli liest die »Herald
Tribune«.

Es wird konsumiert, Armani und Max Mara. Ich denke
an Pfarrer Sieber, weshalb eigentlich?

Modern Times im Lingotto-Werk von Fiat. Mit dem Fiat-
PR-Mobil werden wir durch die erblindeten und ausgeweide-
ten Werkhallen gekarrt, hinauf zur Teststrecke auf dem Dach,
errasen über graue Bob-Bahnen zerklüftete Betonwelten. Werni flüstert bleich: We thank you for flying FIAT. In 12 Jahren soll
aus dem längst getrockneten Schweiss der alten Fiatler ein
Kulturzentrum entstehen, ohne Wohnungen. Agnelli als
Schweisstreiber.

Zur Sacra San Michele. Auf dem Weg bürstet sich Edith
die Haare aus. Unter uns eine enge Passstrasse, nicht auszudenken, es wäre Winter. Die Kirche taucht unmittelbar auf, hü-
gelhoch, aufgesetzt, also eindrücklich, auch für die bösen Geis-
ter, die von Westen kämen, und gleichermassen für die
Verdammten, die von hier nach unten flögen. In den Ohren ein
Bach-Oratorium. Die Beiz am Fuss der Sacra San Michele hat
geschlossen. Wir erklettern den Kirchenhügel, am Ende schwit-
zend. Über die Scalletto dei Morti in die romanische Kirche,
Kerzen angezündet, für Allerhand. Der Ort strahlt, ist mystisch,
der Eindruck, dass die Zeit so nicht mehr zähle. Die da bauten,
ob sie tatsächlich in Jahrhunderten dachten?

HIC SITA EST JOANNA MARIA BAPTISTA NEMULCIENSIS, steht in der Krypta.

Im Übrigen auch eine dieser Kirchen zur Demonstration der Allmacht. Von wem zu wessen Lasten, diese Frage bleibt bestimmt, immerhin. Ich behändige zwei Heiligenbilder: Preghiera a.S. Michele Arcangelo, con approvazione ecclesiastica, unter anderem. Beim Abstieg begegnen wir weissgewandeten Schwestern, eine hübsche junge, die andere dick, rotgesichtig, schnaufend, auch jung, aber kaum in der Lage, den Gruss zu erwidern, sie presst ihn durch die Zähne wie frischen Kartoffelstock, ohne Sauce. Auch weisse Seelen schwitzen, Gott sei Dank.

Torino. Ristorante Balbo. Der Service schlecht, das Essen gut. Carpaccio mit Grano; Salmschnitzel auf Zitronenbett; Gavi dei Gavi und Naturale di Moscato, letzterer köstlich. Am Nebentisch ein Herr, total abgestellt; kaum auszuhalten. In der Hotelbar zwei Grappa. Annemarie hat den Hausschlüssel verloren, da sie ihn dem Sepp zum Pfeifenstopfen auslieh. Frau M. trägt eine deutsche Brille. Das Ristorante Cambio am Vorabend war wesentlich besser; die Kellner wie Chirurgen, zu dritt oder viert tranchieren sie eine Orata. Die Dame vis-à-vis verdreht die Augen. Wäre ich Anna, ich schlüge sie tot, selbst auf die Gefahr hin, mich darob zu ergeben, nicht dem Schicksal, aber dem Klosett.

Das Grand Hotel Sitea. Annähernd geschmackvoll eingerichtet. Das Zimmer klein. Der Kaffee am Morgen sehr gut. Und immer wieder: Pittigrilli oder Frucentero usw.

Torino verlassen, Richtung Monferrato (Provinz Asti). Irgendwo vorbei am Jagdschloss Stupinigi mit seinen schönen Fenstern, aus denen, sagt man, vornehme Damen lehnten und interessiert den Jägern zusahen. Über die N10 via Ghieri nach Castellnuovo (Don Bosco). In Albugnano Besichtigung der Abbazia di Nostra Signora di Vezzulano. Der Adjutant bestaunt – aus welchen Gründen auch immer – das Grabgelege. Trotzdem: ein in seiner Einfachheit grossartiges Kloster, vor allem der Innenhof. Die hier ansässige Pförtnerin und die Kioskbetreiberin haben scheinbar den bösen Blick – oder sexuelle Phantasien.

Später durch die Mohnfelder zur Locanda del Sant Ufficio. Derweil notiere ich:

Leere Uhren in
durchsichtigen Häusern
(Les paniers des fleurs)
diese blinden Fenster
in denen das Nichts der Dinge wie Staub
von vielen Sommern lautlos über deinen
roten Mohn verglühte.

Ristorante da Beppe. Sieben Gänge genossen, die Käseküchlein zum Apéro nicht miteingerechnet. Hühnerbrüste mit Wachteleiern, Spargeln, Zwiebeln, Kartoffeln, Rüebli, Fleischsalat, Piselli und Tintenfische, Risotto con funghi und Carciofi. Je dicker die Frauen, desto weniger Kinder, meint Herr R. Die schlanken Männer seien ohnehin aushäusig. Brasato mit Zucchetti und Peperoni, ich erhalte den Anschnitt, Zitronen- und Schokoladenkuchen, schliesslich Kaffee und Grappa. Dazu einen Barbaresco 1987, zuvor Grignolino und emsig Weissen. Dazwischen die Frage, welche Frau denn schliesslich zu wählen wäre, eine dicke, eine schlanke oder eine mittlere oder eine mit schöner Seele.

Ich wünschte, der Adjutant wäre ein Geniesser, dann nämlich wäre der Bus nicht schon um 14.30 Uhr vorgefahren. Mag sein, dass uns der Kunsthistoriker auch nur quälen will, wie damals nach dem opulenten Nachtessen im Gualtiero Marchesi in Milano, als wir die via Bonvesin de la Riva 9 fluchtartig verliessen und ebenfalls nach Norden fuhren, dräuend das Gedärm und helles Klopfen in den Köpfen.

Bern. Wir, die Männer, stürmen ins »Della Casa«. Durstig, wie weiland Frau Furgler, da der Kurt zum Bundesrat gewählt wurde, worauf sie, hier in der Beiz, kurzum in die Periode stürzte. Ein richtiges Faszinosum. Die Serviertochter wartet nicht ab, sagt, erst gar nicht fragend, bei unserem Anblick: »Bier.« Die GURTEN-Stangen schletzen wir weg wie erschöpfte Jagdhunde. Dann kommen auch unsere Damen, offenbar von der Toilette. Später, im Hotel Bellevue, Zimmer Nr. 434. Die Frauschaft: Vreni, Doris und Frau Oberst, die Mannschaft: Walter, Jakob und ich.

Der Sommer naht gefährlich. Es ist heiss, als ich das Fenster auf die Aare hinaus öffne. Ein Gewaltsblick. Das Bellevue schläft. Morgens ein Frühstück, das seinen Namen verdient. Es ist grausam früh. Quasi als Erste machen wir uns über das Zmorgenbüffe her. Aufgeräumte Stimmung, man spricht von Paris, Frau Furgler ist vergessen. Mit Doris im Kofferraum verschieben wir uns zum Hauptbahnhof, anno Domini 1990. Der Zug brummelt vor sich hin, wir steigen ein, die Frauen mit opulentem Gepäck. Alsbald verwischt sich die Landschaft: LA

GRANDE VITESSE. Wir sprechen über Technik, das »Della
Casa«, das Essen undsoweiter. Aus dem Pappbecher schlürfe
ich ein Glas Weissen, in der überfüllten Zugsbar. Im Reiseführer steht: »Als geeigneter Ort für geflüsterte Zärtlichkeiten
kann die Rue Berton gelten«, und kein Kuss verfehle hier die
gewünschte Wirkung (fragt sich, welche).

Gare de Lyon.

Zimmerbezug, Frau Oberst und ich im Grand Hotel. Ich
kaufe ein Goluas blö. Dann süffeln wir an Kleinstcüplis, im
Café de la Paix: Pariserluft. Später zur Sacré-Cœur. Wir foto-
grafieren uns gegenseitig. Jakob hat einen Mordshunger. Auf
der Place du Tertre ein Touristenimbiss. Ein relativ undefinierbares Menue, Entrecot mit Gäder. Jakob verschlingt es mit
Heisshunger, gerade so, als ob es sich um Bärentatzen handle.
Obligate Wahldiskussionen. Doris erzählt vom Gemeindepräsi-
denten, den sie nicht sonderlich liebe (weshalb eigentlich?).
Hinter uns Frau Schönberg, auf ihrem Kopf klebt und bebt ein
schillernder Turban, einem riesigen Taubendreck nicht unähnlich. Vis-à-vis ein Salon dü The, eine Italienerin fotografiert die
Tischgesellschaft; die Familie isst verbissen nicht mehr ganz
frische Sändwitsche. Der Muscadet immerhin schmeckt, steigt
mir in den Kopf. Der Touristenring lichtet sich, die Kellner werden nachlässig, und die Maler rund um den Platz verziehen
sich zum Mittagsschlaf. Über uns die Sonne.

Abends im »Cochon d'Or«, das enttäuscht, nicht nur der
zu grossen Portionen wegen. Mein Darne de Turbaut grillé allerdings ist einigermassen geniessbar. Die Damen sitzen vor
Fleischbergen. Vor zehn Jahren war das hier noch wesentlich
anders.

Männiglich und frauiglich freut sich auf das »Lido«, das, wie sich nur zu schnell herausstellt, dem »Stadtkeller« in Luzern in nichts nachsteht. Eine zwanzigsprachige Frau, Fremdenführerin, mit hübschen Kussmundaugen, spricht mit mir am Eingang, vermutlich Suaheli. Ein eher mürrisches Publikum strömt heraus, wir sind eingeklemmt in einer unruhigen Warteschlange. Eine durchorganisierte Atmosphäre, die mir ungemein auf die Nerven geht. Das Gefühl, mitten im Hochsommer in einer portugiesischen Bank am Geldwechselschalter zu stehen, schweissveklebt, durstig, voller Mundgeruch. Irgendwelche Kellner buxieren uns ziemlich weit nach vorn, an einen Tisch. Zu trinken gibt es ausschliesslich Chlöpfmost. Es riecht nach Kaugummi, vermischt mit Analfeuchte. Die Vorstellung beginnt, die Köpfe an den vorderen Tischen verschwinden, sie werden kurzerhand hydraulisch abgesenkt, Jakob fühlt sich wie auf dem Hochsitz: Brüste, Federn und Netzstrümpfe. Vor uns hingehopst wird irgendeine Räubergeschichte, ein Schwuler knallt den DUTZEND-GESICHTERDAMEN mit einem Zapfengewehr zwischen die Beine. Walti denkt vielleicht an die Jägerprüfung, die wesentlich schwieriger sei. Notausgänge gibt es keine. Dafür tausend Plätze und ein unverdienter Umsatz. Die Vorstellung ist zu Ende, wir schnaufen auf. Die Muslims und wir werden hinausgetrieben, Herdengefühl. Ich assoziiere: Europa in zwei Tagen, gestern Abend auf dem Pilatus.

Auf den Champs-Elysées schaffen wir es knapp, ein Taxi zu okkupieren. Wohltuendes Grand Hotel, Zimmer in den Hof hinaus, Alkaseltzer, später Stille. Waltis Kampf mit der Nackenrolle: Ob sie schlafen?

Anderntags Brummköpfe. Frühstück im Café de la Paix. Der Kaffee ist ungeniessbar.

Frau Oberst stürmt, ich zehn Schritte hintendrein, in die
Galeries Lafayette, die Materialschlacht beginnt. Ein wahrhafter Orkus. Frau Oberst wühlt lustlos in den Schuhen herum. In
der Lederabteilung begegne ich unseren Kameraden. Das
Überangebot, das die Übersicht zerstört. Ein Osteuropäer
müsste, spätestens jetzt, kotzen.

Mittags in der »Coupole«. Renoviert, leider. Die alten
Kellner fehlen, die Polster sind auch nicht mehr, was sie waren.
Dafür ist das Lachs-Tartar eine Offenbarung. Wir trinken Elsäs-
ser. Auf dem Montparnasse weht ein scharfer Wind, die Vorstellung, dass hier, im Jahre 1845, der Can-Can erfunden worden sei. Rechts unten das Café Select, wo einstmals Hemingway,
eingehüllt in eine zähe Pastiswolke, seine rechte Gehirnhälfte
fieberhaft herniederschrieb. Beinahe unverändert: Der Cimeti-
ère de Montmartre, der wie ein gerodetes Wäldchen im Pariser
Puls verdräut.

Nachher zum Boulevard Saint Michel, via Jardin de Lu-
xembourg. Viel Volk. Wir hocken auf ein Bänklein. Frau Oberst
fotografiert. Walti liest den Spiegel. Es hat getröpfelt, ein angenehmer Wind ist aufgekommen, die Erholung lullt ein; Doris
und Vreni plaudern, vielleicht von Kindererziehung und part-
nerschaftlicher Rollenverteilung – im Haushalt. Neben uns
Mütter mit Kindern, Segelboote auf dem Schoss, weiter links
mindestens hundert alte Jasser, gruppiert um runde Tische, ein
verbissener, schweigender Kampf, gegen Zukunft und Gegenwart. Unsere Blicke kreuzen sich mit denjenigen eines ange-
schlagenen Joggers, 50- bis 60-jährig, kurze Hosen, Entenfüsse
im Chrüzlistich: Die Erinnerung an einen mehrmals gebrauch-
ten CAPOTE ANGLAISE. Zurück zum Boulevard Saint-Michel.
Kaffee und Perrier, Perrier und Kaffee, dazwischen Schuh-

läden. Über die Seine zur Notre Dame. Es beginnt zu stürmen, das Volk flieht in die Kirche, zur Freude des Pfarrers. In der Metro, wo es angenehm müffelt, durch die Cité, zur Station »Palais de Justice«: eine genietete Stahlblechhalle, man atmet Jahrhundertwende.

Abends ins BOOBUUR. »Pied de Cochon«, das einst mitten in den gründlich verscheuchten Hallen lag. Auf dem Weg zwei Mimen, beide mit Sonnenbrillen. Jakob kommentiert: »Richtige Glögglifrösche, wie es sie auch zuweilen im Bundesrat gibt.« Frau Oberst spendiert zehn Francs. Später: Jakob und ich vor der Plat Royal, wahrlich ein innerer Vorbeimarsch. Vornehmlich Krabben und Austern (im Juni, pfui!!). Gleichwohl ein Traum. Walti vertilgt Kutteln, und auch die Frauen halten sich lieber ans Fleischliche. Dazu ein Sancerre. Anschliessend Roquefort, den wir, Jakob und ich, mit einer halben Flasche Schato Meney parfümieren. Das Lokal ist grauenhaft kitschig, also schön, überwältigend. Semi-Barock mit Hollywood-Einschüssen, bis in die Ganglien hinein. Wir sind im ersten Stock. Das nächste Mal wäre am Fenster zu reservieren. Später, mit nicht mehr ganz sicheren Schritten, dafür mit verdauenden Bäuchen, hinauf zur Rue Saint Denis. Ein paar Sexshops, viel Volk, es ist warm. Walti steht unter Druck. Ich folge ihm, ins Klo. Wir entschliessen uns fürs »Pigalle«. In die feuchtwarme Metro. Einige furchteinflössende Afrikaner (weshalb eigentlich?). Rundtour im Sexviertel, kaputte Gegend. Schlammsex und Drogen. Gegenüber vom »Moulin Rouge«: Frau Oberst beäugt Sexartikel, zusammen mit Vreni und Doris natürlich; sie werden alsbald verscheucht, mangels Kauflust. Dann in der Life-Show. Vier bis fünf Zuschauer. Vorn auf der Bühne: Paarungsgymnastik. Ein Farbiger mit Riesenschwanz, der hie und da, keineswegs rhythmisch, in der Partnerin – wo nur nimmt

die soviel Platz her? – verschwindet. Eine Demonstration zur
Unlust. Zwischendurch reibt und lutscht die Schaustellerin am
phänomenalen Geschlechtsteil ihres Gegenübers, als ob es ein
Telefonhörer wäre, intensiv, aber durchaus gelangweilt. Ein
richtiges Reibeisen. Allein das Zuschauen tut weh. Unsere Damen flüstern, zum Ärger der Schaustellerin. Sie schreit:»Kommt
doch nach vorn und löst mich ab.« Sie stösst sich das Fleisch
gewordene Gerät, den Knüppel (Steuer- oder Gummiknüp-
pel?) zornig in den Mund, legt sich auf ihren Partner, schiebt
ihn, den Knüppel, alsdann wie ein Schwert in die Scheide.
Dann DER BLITZ AUS HEITEREM HIMMEL: Jakob jauchzt
aus allen Röhren, mitten in den Geschlechtsakt hinein, auf die
Erektion hinab. Die Schwerthalterin kreischt:»Ruhe.« Wir lachen wie die Affen: gelbe Karte. Nur mit Mühe gelingts, den
Jäger an den bereits nachgeladenen Urschreien zu hindern
und die Erektion zu erhalten.

Vor dem »Moulin Rouge«. Ein Riesenverkehr (Autos).
Die Metro hat geschlossen. Wir begegnen der Gruppe Berner,
die uns im Zug begleitete. Ein dickbäuchiger Mutz bemerkt:
»Ich habe schon zwei Lismete gehabt.« Ich habe Durst. Die Plat
Royal macht sich bemerkbar, zusammen mit der Sosse, die eigentlich für die Fischsuppe von Walti bestimmt war (weshalb
hat er sie verschmäht?). Mit Anstrengung finden wir zwei Taxis. Es ist 2.30 Uhr. Ein PIED NOIR als Schofför, feingliedrig,
sensibel, vermutlich aus der Banlieu, wo er Frau und dreizehn
Kinder hat. Zurück im Grand Hotel; ich trinke WASSER.

Nach dem Frühstück zur Gare de Lyon – im Taxi, da ich
mich weigere, die Metro mit vier Koffern zu besteigen, was
mich an S. erinnern würde und an die vielen Koffer, mit denen
ich, in der Metro, verklebt bis über den Hinterkopf, herumkal-

berte. Im Train Bleu. Jugendstil und Riesenbilder, beispielsweise Orange und Alger. Unsere Kameraden haben Verspätung (weshalb?). Nach dem Pastis mit der RER in die LA DEFENSE. Phallischer Grössenwahnsinn und trotzdem, fürs erste beeindruckend. Es windet uns fast den Triumphbogen in die Knie. Später zur Place Concorde. Nirgends Toiletten. Walter und ich schlagen das Wasser not-, aber inständig in einen Rhododendron ab (dass soo etwas gratis sei!). In den Tüllerien Kilbi. Achterbahn und Sesselfliegen. Jedenfalls die Frauen und ich, wogegen Walter und Jakob unten bleiben (bin ich eigentlich schwul?). In den Himmel hinausgeschleudert, leicht benebelt und Gott sei Dank festgezurrt, mache ich vorbeisausend das V-Zeichen. Es regnet mir auf die Finger und in die Schuhe hinein.

Quartier Latin. Ein pockennarbiger Schlepper schnorrt uns in eine Griechenbeiz, was eigentlich – trotz Jakobs Heisshunger – zur Vorsicht gemahnte. In der Strassenmitte glitzert gefährlich eine Gosse. Wir steigen in den Keller, abgefackte Santoriniatmosphäre. Mein Meerfrüchtespiess ist schon fast lasziv. Viel Gemüse, wenig Früchte, offenbar im Verwesungszustand. Das meiste lasse ich stehen, überlasse es der weiteren Verwesung oder dem nächsten Gast. Dafür schmeckt der Sancerre. Im Nebenstübchen beschläft der Hilfskoch die Zimmerstunde. Es riecht nach Schavel, Urin und lautlosen Rülpsern. Um 15.30 Uhr drängt Jakob zum Bahnhof, zumal der Zug bereits (!) um 18.11 Uhr fährt. Vreni: »Der will einfach alles im Griff haben, und wenn es nicht so ist, gerät er in Panik.« Die Angst des Grizzly, vor Winnetou.

Letzte Metrofahrt. Gare de Lyon, Sonntagsbetrieb. Menschenmassen. Im Train Bleu. Perrier, Bier und Pissoir, auch dort Jahrhundertwende, immer noch der nämliche Marmor, jetzt vielleicht etwas gelber, bröckelnd. Zum Bier gibts Nüssli und getrocknete Bananen. In der Bar nicke ich ein; beim Wegtreten begleitet mich der Vortrag des Herrn Schulvogts über die gültigen Schulsysteme, die Schlussfolgerung: Überforderung mangels Forderung.

Gleis 15, 18.11 Uhr. Der TESCHEWE setzt sich in Bewegung. Jakob, wer anders, zaubert zwei Flaschen Roten auf den Fenstersims. Für Kasi nehme ich, kurz nach Dijon, zur Bereicherung seiner WECE-Papier-Sammlung, ein hauchdünnes, braunes Blättchen mit. Frau Oberst liest: »Kopp & Kopp« oder: Die Tücke des Objekts.

Freitag. »Fate l'amore con il sapore«, ein Plakattext, der, kurz vor Parma, oberhalb meines nicht sonderlich gut geputzten linken Nasenflügels erscheint. Also doch: die sprichwörtliche Koch- und Liebeskunst der Italiener, mindestens aber die Werbung für saubere Liebe. Der Adjutant treibt zur Eile. Wir stürzen ins Teatro Farnese, der zu Holz gewordenen Idee, ein grosses Hoftheater zu verwirklichen, andererseits aber auch das ungeschmälerte Verdienst des Prinzen Ranuccio I., Sohn des Kriegers und Festungseroberers Alexander von Portugal, der im Gegensatz zu seinem Vater dem Staate nicht mit kriegerischen Auseinandersetzungen, allemal aber auf anderem Wege einen guten Ruf verschaffen wollte; inwieweit dies gelungen sei, steht auf einem anderen Blatt. Jedenfalls ist das Theater beeindruckend, und man versteht es wohl, dass es, nach dem grossen Brand im Zweiten Weltkrieg, schleunigst wieder aufgebaut wurde, immerhin ist es ein Anziehungspunkt erster Güte. Demgegenüber ist die Staatsgalerie nicht von sonderlicher Schönheit, und irgendwie kommt mir alles etwas ver-

lottert vor, woran auch die Unmengen von Statuen in den unendlich langen Gängen nichts zu ändern vermögen. In einem
kleinen Nebenkabinett: Correggio, Gemälde und Zeichnun-
gen, mit Wolken wie Airbags, sagt Doris. Der Museumsladen
erweist sich als geschlossen, das fröhliche Lächeln einiger
weiblicher Vorstandsmitglieder wirkt Wunder und öffnet flugs
die Türen: Wir kaufen Karten, Kataloge und Sonstiges. Später
Zimmerbezug im Parkhotel Toscanini; im Prospekt steht (wört-
lich): »Im historischen und wirtschaftlichen Zentrum Parma,
liegt das Hotel und eignet sich bestens um anspruchsvollen
Gästen einen angenehmen Aufenthalt zu bieten. 48 Zimmer,
alle mit Bad, Radio, Satellitenfarbfernsehen, Klimaanlage und
Minibar, Telefon mit Direktverbindung (!). Kongresssaal, Ame-
rican Bar, Aussichtsterrasse, Solarium, Garage und Parkplatz.«
Immerhin: klein, aber sauber. Später Garibaldi, dieser hoch zu
Ross, vorbei zum Domplatz. In den Hunger hinein einen Prosecco getrunken, mit Pommes Chips vermischt. Wir treffen uns
vor dem achteckigen Baptisterium, fünfgeschossig, 1196 be-
gonnen; Bau und Skulpturen innen und aussen von Antelami,
hüben und drüben freskiert, unter anderem mit einer eminent
ergreifenden Reliefdarstellung aller zwölf Monate. Der Adjutant erläutert uns Äusseres und Inneres. Der Bau ist schlicht;
beeindruckend. Bauzeit hundert Jahre. Das akkurat geschwun-
gene Taufbecken in der Mitte ist, was das Wasser anlangt und
wie es da hinein gelangte, unergründlich. Jedenfalls liesse sich
selbst Bischof Haas, so er den rechten Glauben endlich annehlich annehlich annehlich
men würde, hierin mehr als taufen lassen. Im Dom schwärmt
der Adjutant vom Deckengemälde. Vor allem die Kuppelbema-
lung von Correggio hat es ihm angetan: Assunzione della Ver-
gine, entstanden 1526 bis 1528. Mariä Himmelfahrt mit Eva im
Fleischkostüme, das man, so der Adjutant schwärmerisch, mit
dem Feldstecher am besten zu betrachten in der Lage sei. Ich

entdecke, mangels Vergrösserungshilfe, dieses Kostüm nicht, und so bleibt sie, die Eva – unten zumindest – keuschlich verhüllt. Zigarettenpause auf dem Domplatz, dann zu San Giovanni Evangelista, hinter dem Dom, 1498 bis 1510, mit hässlicher Barockfassade aus dem Jahre 1607. Erfreulich die Skulpturen von Begarelli im Querschiff und die Kuppelfresken von Correggio. Die Kirche soll als napoleonischer Reitstall gedient haben: Es müffelt. Vor der Kirche ein Blick nach Süden, die Häuser in strenger Geometrie, allesamt Palazzi, bleich beleuchtet von einem rosagelben Abendsonnenschleier. In der Gelateria, die es bereits zu Zeiten des Correggio gegeben habe, erstehe ich ein Schokoladeneis, das sorgfältig um das Cornetende, schlangengleich, zu süssem Aufbau gelangt. Im Monastero Benedettino San Giovanni Evangelista: ORA ET LABORA steht zu lesen, ansonst ein herrlicher Klosterhof. Ein Benediktiner verkauft alterslose Kräuter, Salben, Seifen, Honig. Ich erstehe eine Honigseife, wohl um beides, Süsses wie Reinigendes, zu haben. Der Sakristan, erzählt später Hans Peter, habe gerade zuvor sein Geschlecht abgeschlagen, in die Hose eingerüsselt und dann, wie ein geübter Glöckner, am Reissverschluss gerissen. Kurz darauf sei auch der Glöckner erschienen, nämlichen Orts herkommend, Nämliches tuend. Materialisation des Keuschheitsgelübdes, vielleicht auch Paravasektomie. Der Mönch habe sich am Hintern gekratzt, sicher, um einiges zu verteilen. Keuschheit muss nicht sauber sein; also doch. Die Grenzen des Menschseins sind oft äusserst eng; und beissend. Zum Kaffeehaus Cavour geschlendert. Eine grossgewachsene und verdächtig weissgesichtige Kellnerin mit dunkelrotem Kaffeemund wedelt uns, nicht ganz unelegant, mit einem Silbertablett um die Köpfe. Bianco secco, Campari usw. Nüssli natürlich und Amüs Busch mit trockenem, dennoch köstlichem Parmaschinken. Über uns Warenhausmalerei in Neubarock und neben uns

die Schöness Doree von Parma, gelangweilt an der Bar lüm-
melnd. Doris schreibt mir, zusammen mit Christa, Susi, dem
Adjutanten und Elisabeth eine Dankeskarte für die Apérospen-
de, schiebt sie dann, mangels Marke, über den Tisch, was meine Freude über dieses Zeichen keineswegs schmälert. Immerhin zeigt die Karte den PUTTINO ALATO von Mazzola »detto
il parmigianino«. Und es hat ja auch noch mehr Nüsse. Abends
im LA CREPPIA. Rohschinken, hauchdünn, volles Parfüm, und
Cullatella. Roter: Pasolini dall Onda, Mutericco alto, Sangiove-
se Romagna, aus dem Jahre 1993. Hervorragend, aus der Ma-
gnumflasche. Dann Tortellini mit Ricotta und Spinat, liebevoll
umhüllt von dünnstem Teig, darüber ein Hemd aus Parmesan
und Butter (was für ein Hemd!). Meine Tischnachbarin erzählt,
dass sie hie und da eben die Privilädierte sei, ich assoziiere:
Priviläsion bedeute nicht Privivision. Derweil: Gnocchi, Mischung mit Tartuffi neri. Vor den Nebentisch schiebt der Kellner einen Parmesanberg: Frau und zwei dicke Söhne, Mann
mit zurückversetztem Haaransatz, ergraut, rauchend. Beide
Jungen spielen mit Bestimmtheit ein Instrument zu Hause, welches? Fegato di Coniglio mit vier Feigen, die Sauce ist unbeschreiblich, unsäglich, köstlich. Vis-à-vis von mir opfert sich
eine dünne Kalbsleber; sie wird flugs, weil offenkundig zart,
heruntergeschlabbert. Der Adjutant, wie könnte es anders sein,
isst aus einer Silberschüssel etwas Unbekanntes. Elisabeth
schwärmt von Trastevere, und der Adjutant fragt, ob wir unter
den Konstantinsbogen gelaufen seien; vielleicht. Jetzt kommt
der Berg zu uns: RETSCHANO, weil in Reggio fabriziert. Frei-
giebig wird abgeschnitten; es lohnt sich in der Tat: Mischung
aus Nuss, Salz, Milch, Honig, zurück bleiben sandkornähnliche
Einschüsse in Plomben und Weisheitszahnlücken. Der Kellner
doziert: Der beste Parmesan käme aus den Hügeln, im Unter-
land – er wedelt mit der Hand – sei er halt nur solala. Carlo, der

Kellner, trägt nächtens ein Haarnetz; morgens bildet sich jeweils ein roter Streifen auf der Stirn, ähnlich einem militärischen Gradabzeichen, einem Heiligenschein nicht unähnlich. Das Dessertbuffet ist immens: Himbeeren, Creme Caramel, glasierte Birnen, verschiedenste Kuchen usw. Der Adjutant nimmt eine Birne und im letzten Augenblick, welche Taktik, einen Apfelkuchen: Die Jugend siegt zuweilen doch noch, vor allem wenn die Birnen, sprich die Brüste zu gross seien. Christa verdrückt vergnüglich und in glänzender Sätte einen Brombeerkuchen. Grappa Sarpa di Poli, umrahmt von diversen Süssigkeiten. Dieser Grappa hösele wahrlich, meint Christa, wogegen ich vermeine, dass es doch recht kurze Hosen seien, mutmasslich Bermudas, diese jedenfalls schmecken ausgezeichnet. Das LA CREPPIA verfügt über ein Türken-WC, das Pissoir der Marke »Pozzio« funktioniert unerwartet einwandfrei. Vor dem Bianco Imperiale Berlucci doziert Elisabeth über ihr Schwammknie, schwärmt von einer Wirbelsäule aus Titan usw.

Samstag. Richtung Pistoia, eine rosa Scheibe, die Sonne. An der Barilla-Fabrik vorbei: die langen Gebäude zum Zwecke der Langproduktion; ob die Mitarbeiter mit Scheren ausgerüstet und damit beschäftigt sind, die Teigstangen in Stücke von je einem Meter zu schneiden? Roland schwärmt von den messinggefassten Meterlatten aus Prato. Lorli und Walter lauschen der Geschichte vom Koffer; verreisen tut gut. VILLA CELLE. Immerhin zwanzig Hektaren, die sich hier der Signore Gori untertan machte. Nach Programm: »Ein unvergleichlicher Ort zeitgenössischer Kunst.« Begrüsst werden wir von einem roten Brustkorb (Höhe 4,50 m) von Roberto Burri, in seiner Wirkung etwas verloren, alteisig. Bartolomeo Sestini mit Vogelkäfig (Grande Voliera, 1812). Marino Marini, Roberto Barni: Die

Sklaven zu Tisch, diesen offenkundig gezwungenermassen fröhlich haltend, Ulrich Ruckriems Kreuze, Alice Aycocks Parabolspiegel ohne Spiegel (Astrolabio) und irgendeine Kletterstange mit Pyramidalstein des Philosophen, überall Alpenveieli. Robert Morris: Irrgarten in Stein, sienesisch abgestimmt. Am liebsten spielte Elisabeth mit einer Riesenbratsche eine Bachblütensuite im Beverly Pepper Memorial. Übrigens: mit nicht sonderlich überzeugender Akustik. Ich zöge ein Tontaubenschiessen vor, anschliessend eine Wundbehandlung mit der Wankschen Bachblütensalbe. Dann eine Panzersperre, angeblich von einem Toskaner Künstler namens Mauro Staccioli. Das Himmelsloch von Inoue Bukichi (Festungskreis II?). Im Eigentlichen beeindruckend. Wir bewegen uns über wilde Minze, zu Ian Hamilton Finleys Zitronenkorb mit Pflug: THE DAY IS OLD BY NOON. Beeindruckend das Eisloch, in etwa fünfzehn Meter tief, unweit von zwei Bäumen, Platane und Akazie, zusammenwachsend, aneinander drängend. Die Glaskreise im Teich von Michel Gerard, daneben diverse Steine, auf den ersten Blick wahllos gruppiert, man sieht es, ein Erstlingswerk. Der Grieche Costas Tsoclis setzte die Genesis, Dinosauriereier hinter Glas. Im Innern eines toskanischen Landhauses wurde, von Jaume Plensa, die Stille installiert: NOISE. Zwei Gonginstrumente, gegeneinander aufgehängt, mit einem immensen Durchmesser. Mit Lust angeschlagen, geben sie eine archetypische Brummerei von sich, bis hin zum Alpengewitter, das mich zusammenzucken lässt: SILENCE IS A DESIRE. Im Nebenraum ist vorsorglich die chemische Zusammensetzung des menschlichen Körpers an die Wand gepinselt. Später im Wirtschaftsgebäude der Fattoria di Celle. Steine von Richard Long, Vedovas Rundbilder, an den Wänden Sol Lewitt, früher war das der Heustock, jetzt bleibt beeindruckende Einfachheit und Grösse. Im Übrigen: Grundstück und Park sind durchaus gepflegt, Sig-

nore Gori hat fürwahr reichlich gehandelt, mit Stoffen und auch
sonst. (Derweil braust Frau Wanke unruhig durch den Park, auf
der Jagd nach Nicht-Fussgängern, leider vergeblich.) Mittagsimbiss im Ristorante E Cochino in Montale. Kaltes Fleisch (Parmaschinken, diverse Salami, Oliven, gekochte Zwiebeln), dazu
ein mundiger Weisser: Le Terracce (Vino da Tavola di Toscana).
Tortelloni alla Salvia mit reichlich Anken; Risotto ai funghi, kör-
nig, cremig, zwiebelig, diverse legumi. Es artet schon wieder
aus: in eine Prasserei. Pfarrer Vogelsanger ist im Gespräch, ein
Tyrann. Dann Vitello con funghi porcini, unbeschreiblich.
Roastbeef auf Rucolabett (diese Kruste!). Früchtetorte mit:
Trauben, Erdbeeren, Mandarinen und Kiwi. Dem Grappa di
Sandra Bottega wird, mindestens von Roland, kräftig zugespro-
chen. Prato. Vor dem romanischen Dom Santo Stefano (frühes
13. Jahrhundert), Filippo Lippi und die Geschichte von Santo
Stefano und dem erregenden Gürtel. Filippo, der sich in eine
Nonne verliebte, mit diversen Konsequenzen natürlich. Auf
den Stiegen räkelt sich die pratensische Jugend in sanfter
Samstagnachmittagssonnenstimmung. Zu bestaunen ist die
Mitte des 15. Jahrhunderts vollendete Fassade aus weissem
und grünem Marmor, die Aussenkanzel von Michelozzo samt
Reliefs von Donatello mit unübersehbarem Baldachin. Im Innern des Doms die Fresken von Fra Filippo Lippi. Die Zeit eilt,
ist viel zu kurz. Im zunächst viel geschmähten Busabort der
Firma Hegglin verschaffe ich mir die längst ersehnte Erleichte-
rung, gratis. Lucca. 87'200 Einwohner. Ligurisch und etrus-
kisch. Wir halten vor dem Hotel Universo. Von aussen durchaus
ansprechend, antik:»Il Palazzo dell'Hotel Universo fu costruito
nel 1853. E divenne quasi subito albergo«. Man merkts: der
WC-Spülkasten von Elisabeth und Roland entpuppt sich als
verkappte Dusche, und meine Badewanne ist von Blindheit geschlagen, der Concierge vermutlich auch, kompliziert kritzelt

er die Zimmernummern auf Fresszettel, in welche die Pässe eingeschlagen werden. Immerhin: Vittorio Emanuele war, natürlich, auch hier. Die Piazza lebt, vis-à-vis die Oper, es riecht ansprechend nach Risotto, von unten. Tröstliche Kompensation zum Umstand, dass sich die Fensterläden kaum öffnen lassen und die braune Bettumrandung verschiedenste Brandspuren aufweist: Napoleonischer Schrappnellhagel? Die Beleuchtung wäre für einen Beichtstuhl wohl tauglich, ich assoziiere Sündengeflüster. Spaziergang über die Stadtmauern, San Michele, viel Jungvolk und anderes auch. Von Bar zu Bar, ohne Hunger, das Gedärm befasst sich vollauf mit dem montalesischen Mittagsimbiss. Gleichwohl: Wir nehmen Platz im »Tabarro«, eine von einem ebenso geizigen wie unbedarften Wirt geführte Spelunke. Der weisse Tischwein ist sauer, der Kellner trägt das fette Haar gebündelt, Gott sei Dank. Immerhin: die Tagliata, vor allem die Knochen, sind köstlich. Ich verzichte auf das bleiche Gemüse aus dem Tiefkühler. Doris begnügt sich, recht hat sie, mit einem Bier. Anschliessend Prosecco, diverse Spaziergänge, zwei Grappa. Unendlich viel Volk, eine Zusammenrottung, die ansonsten durchaus südspezifisch ist, hier aber beängstigende Züge annimmt. Fünftausend oder mehr Luccanesi, Schwalbenschwärme in der Abenddämmerung, das Geräusch ist nicht anders.

Sonntag. In den städtischen Wällen und Bastionen, eine Art Vauban-Festung, die Beziehungen zum Sonnenkönig jedenfalls sind überdeutlich. Die Kälte kriecht die Hosenbeine hoch, trotz lieblicher Herbstsonne. Später im Dom San Martino, im Innern gotisch umgebaut; den Sarkophag der Donna Ilaria del Carretto von Iacopo della Quercia suchen wir vergeblich. Hans Peter erläutert uns den hölzernen Jesus, den es kreuzzüglich an die Küsten von Europa spülte. Aber auch sonst sind wir geblendet: Der rote Brokat des Kardinals (Richelieu?) prangt, zufolge eines heiligen Festes, von allen Wänden. Der hohe Turm der Familie Guinigi ist, ein Trost, geschlossen. San Frediano, beeindruckend, ebenso das ehemalige Amphitheater, das wir, unter der Leitung von Hans Peter, gehorsam abschreiten. Aufbruch. Zuvor zwei Espressi, Wasser, angebrachtermassen, und eine Goluas blau (ohne). Herr Hochstrasser bemerkt zum dritten Mal: Was für ein schöner Tag. Wahrlich: Wir sind Glückspilze. Richtung La Spezia, über Genova ins östliche Piemont. Besonnte Olivenernte, Carraraberge, Carrarasteine, Carrarablöcke. Hochzeitstafel im »Cavallino« in San Marziano, Tortona. Brot, dazu Riesling, den ich dem Dolcetto d'Alba von Pio Cesare gerne vorziehe, hauchdünnes Carpaccio, Olivenöl und Zitrone, vier verschiedene Ravioli, Kalbscarrébraten mit ungemein interessanten Knochen (»kross gebraten, gut geraten«), Tiramisu, Mousse au chocolat, braun und weiss, Zitronenkrem. Grappa Zuga (!) di Pinot Chardonnay, müde sinken wir in die Polster, der Gotthardpass ist bereits geschlossen. Alsbald im Tunnel: FIAT LUX.

IMPRESSUM

verlag ars pro toto, St. Karlistrasse 41, 6004 Luzern
© 2009 Giorgio Avanti
Lektorat: Robert Roos, Horw
Gestaltung: Springrolls, Form mit Inhalt, Luzern,
Printed in Germany
ISBN 978-3-033-01886-0

www.arsprototo.ch
www.giorgioavanti.ch